KB273473

남자의 인생

남자의 인생

© 원재훈, 2012

2012년 4월 20일 초판 1쇄 발행

지은이　원재훈
펴낸이　우찬규
펴낸곳　도서출판 학고재
주간　　손철주

주소　　서울시 종로구 계동 101-12번지 신영빌딩 1층
전화　　편집 (02)745-1722　영업 (02)745-1770
팩스　　(02)764-8592
홈페이지　www.hakgojae.com

ISBN 978-89-5625-141-7 (03810)

남자의 인생

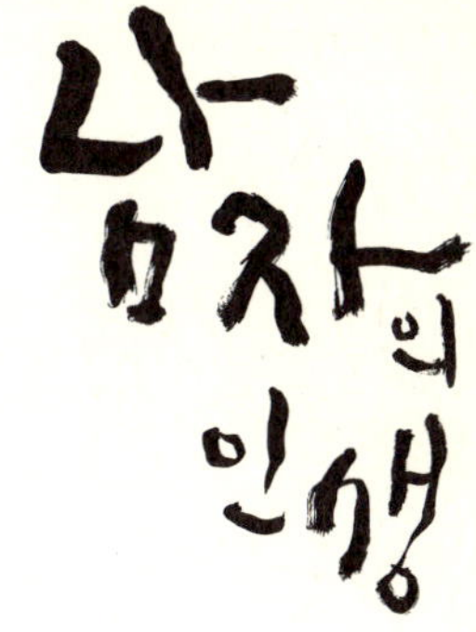

『사기 열전』에서 배우는
똑똑한 인생 전략

원재훈 지음

학고재

나의 작품은 단순히 나의 재능에서 나온 것이 아니라
나의 처지에서 비롯되었다.
세상 사람들이 가장 기뻐하는 나의 노래는 진실로
나에게 가장 깊은 절망을 안겨주었다.

– 슈베르트

요즘 남자에게
인생이라는 게 있냐?

내가 '남자의 인생'이란 제목으로 책을 쓴다고 하니, 친구 하나가 '요즘 남자에게 인생이라는 게 있냐?'라며 슬쩍 비꼽니다. 그 친구의 말뜻은 이제 나이 오십이 가까워지니 그저 이 물질 만능주의 시대에 사는 남자가 뭐 특별한 인생이라고 할 만한 것이 있느냐는 겁니다. 하루하루가 하루살이의 생이고, 원대한 포부와 이상은커녕 이런저런 걱정들이 마귀처럼 달려든다는 거지요. 저는 고개를 끄덕거리면서 마시던 차에 더운 물을 붓고, 잠시 생각했지요.

여기 광야를 달리는 준마가 있습니다. 적군을 향해 달리는 준마는 마구간을 뒤돌아보지 않습니다. 흔히 호기롭게 대의명분을 위해 살아가는 의로운 사내들을 비유할 때 우리는 광야를 달리는 준마와 같다고 말합니다. 이는 사마천의 『사기 열전』을 보면 잘 나와 있지요. 초개와 같이 목숨을 버리고 이름 하나만을 세상에 남긴 호랑이 같은 사내들. 이들을 만든 시대는 풍진 세상이었습니다.

사마천이 이야기한 『사기 열전』의 사내들을 우리 근현대사에서 어렵지 않게 찾아낼 수 있습니다. 강물이 흘러가듯 이러한 인물들은 앞으로도 계속 나타나겠지요. 사마천의 시대부터 지금까지 계속 이어져왔고 앞으로도 이어질 남자들의 인생을, 둥글고 뾰족하고 화려하고 비겁하고 자랑스럽고 때로는 피 흘리는 그들의 인생을 한번 툭툭 써보자. 이것이 이 책을 쓴 의도입니다.

거기에서 뭔가 대단한 발견을 하자는 게 아닙니다. 내 삶이 그저 한 장의 지하철 승차권처럼 초라했지만 그래도 뭔가 인생에 대해서 생각하고 원대한 꿈을 품었던 그 시절로 되돌아가보자는 거지요. 그럼 뭔가 시원한 구석이 있지 않겠습니까? 아들로서, 남편으로서, 아버지로서가 아니라 그냥 남자로서 한때 무엇이 되고 싶었습니까? 천하를 호령하는 시황제가

되고 싶었습니까, 아니면 절개를 지킨 백이와 숙제가 되고 싶
었습니까?

저는 이 책을 통해서 고대로부터 지금까지 내려오는 인간
유형의 한 예각을 살펴보았습니다. 사마천의 열전에 나오는 인
물들은 지금도 광화문이나 남해 금산을 돌아다니고 있습니다.
간혹 이백처럼 술에 취해 있기도 하고, 사마천처럼 고통 속에
서 절차탁마 대기만성의 기운으로 때를 기다리거나 그저 농사
철이 지난 농부처럼 쉬기도 하지요. 적어도 내가 사는 세상은
나로 인해 어떤 방향이건 간에 축축한 곳을 기어가는 달팽이
처럼 움직입니다.

우리는 홀로 살 수 없습니다. 우리는 누구의 아들이고 남편
이고 아버지이며, 또 어느 지역에서 태어난 관계의 존재들입
니다. 원활한 관계를 위해서는 소통이 되어야 합니다. 사마천
이 『사기 열전』을 쓴 이유 중에 하나도 소통일 겁니다. 꽉 막힌

세면대를 시원하게 뚫어버리듯 사마천은 붓이라는 도구로 답답한 세상의 막힌 곳을 뚫어 소통의 출구를 열고자 했습니다. 그 인물들이 하는 이야기가 다 뭐겠습니까? 나는 이렇게 살았다, 나는 저렇게 살았다, 그거 아닙니까? 그런 인간 유형과 원형은 지금까지, 아니 인류라는 종이 지구상에 생존하는 한 영원할 것입니다.

사마천이 분류한 열전의 인물들은 대단히 역사적인 인물들입니다. 이들이 만든 역사는 저 목성이나 금성의 역사가 아닌 바로 우리가 살고 있는 이 땅의 역사입니다. 지금 당신이 이 땅의 역사 한 페이지를 쓰고 있다고 해도 분명이 맞는 말인데, 왜 이렇게 공허하게 들리는지…….

그건 아마도 내가 왕이나 재상처럼 살지 못하고 있다, 나는 필부로서 그냥 생을 이어간다, 그것도 힘겹다, 대의명분이고 뭐고 취직이나 됐으면 좋겠다, 기러기 아빠로 10년을 살고 있

다, 내년에도 이 직장을 다닐 수 있을 것인가, 하는 회의와 불
안 때문이 아닐까요. 이 치열한 경쟁 사회에서 견디다 보니 우
울증에 걸리기도 하고요.

한 시절 사랑에 목숨을 걸었던 그때가 사마천의 시절보다
더 멀게 느껴집니다. 사법고시 준비를 하다가 목과 허리 디스
크에 걸려 중국집을 하고 있는 친구처럼 인생에 대해 체념하
기도 하면서 새로운 자신의 길을 만들어갑니다. 당신에게 지
금 이 세상은 답답하게 꽉 막힌 곳입니다. 그때『사기 열전』
의 인물들이 화려하게 부활합니다. 신기하게도 그때나 지금이
나 사람들은 다 비슷한 생을 살았습니다. 장기판에 말처럼 말
입니다.

사마천을 읽다가 우리 근현대사의 인물들을 떠올리자 잠
시 놓았던 정신의 줄을 다시 잡게 됩니다. 이쯤에서 이 눈치
저 눈치 보면서 누더기처럼 살아온 시간들을 갈무리하고, 다

시 한 번 태평양을 바라보는 심정으로 자리에서 일어나 우뚝 서 봅니다.

과거 어느 순간 좌절해서 흘린 내 눈물이 씨앗처럼 떨어진 곳에 자신도 모르게 꽃나무가 피어 있을지 모릅니다. 혹은 냉이처럼 겨울 땅을 뚫고 올라오고 있을지도 모르지요. 남자의 인생을 살아온 여기 이 사람들의 손을 잡습니다. 힘찬 심장 소리가 들리고 울먹이는 탄성이 들려옵니다. 한때 내가 가고 싶었던 길이 다시 눈앞에서 펼쳐집니다. 그 길을 걸었던 남자들을 이제 만나고 싶습니다. 다음 페이지를 넘기시지요. 남자가 아닌 상태에서 '남자'가 된 사마천이 기다리고 있습니다.

2012년 봄,
일산 커피나무 서재에서

차례

세상을 비켜 간 남자들

치욕을 이겨내고 시작한 인생 2막

「태사공 자서」

고대 중국에서 남근을 거세하는 궁형宮刑은 최악의 형벌이었다. 선비의 남성을 제거한다는 것은 정신적인 노예, 그 시대의 불구자가 되는 것이기 때문이다.

사마천司馬遷은 문장을 위해 죽음보다 더한 궁형이라는 치욕을 견디며 『사기史記』를 집필했다. 그는 어떤 고통으로 단련되었는가? 한 사람이 문장으로 보여줄 수 있는 세상이란 어떤 것인가? 그의 이력을 더듬어보자.

사마천은 한나라 경제景帝 중원 5년(기원전 145년)에 태어났다. 아버지 사마담司馬談은 사마천이 다섯 살 때에 태사령太史令이 되었다. 태사령은 궁중의 예를 관장하고, 천문 역법을 관리하여 임금께 매년 새 역법을 올리며, 나라의 큰 행사에 알맞은 기일을 정하는 직책이었다. 태사령은 당시의 관습대로 아들이 아버지의 직위를 이어받는 세습직이었다.

사마천은 스무 살에 전국을 여행했으니, 그의 문장은 당시 온 세상이나 다름없던 중국을 유람한 경험에서 비롯됐다. 스물두 살에 처음 벼슬을 했고, 서른여덟 살에 아버지의 뒤를 이어 태사령이 됐다. 마흔두 살에 『사기』를 쓰기 시작했지만 본격적인 저술 활동은 하지 못했다. 정치인으로서 공사다망했기 때문이다.

마흔여덟 살에 이릉(李陵, 흉노를 정벌하러 떠났다가 포로가 된 한나라 장군)을 변호하다 궁형을 당하고, 쉰 살 무렵 출옥해서야 본격적으로 저술 활동에 임할 수 있었다. 쉰다섯 살에 『사기』를 완성하고 예순두 살에 세상을 떴다.

역사가로서 인생 2막을 시작한 사마천

궁형을 당한 선비들은 치욕을 견디지 못하고 으레 자결했지만, 사마천은 그런 식으로 도피하지 않았다. 한무제는 궁형을 당하고도 살아남은 그에게 중책을 맡기고, 곁에 머물러 역사를 기록하도록 했다. 사마천이 자신에 대해 어떻게 쓰는지 지켜보고 싶었던 것일까?

『사기 열전』의 맨 마지막 일흔 번째 열전이 「태사공 자서太
史公自序」다. 「태사공 자서」는 사마천이 자신의 출생과 학문적
배경, 경력 등을 소상히 밝히고 『사기』의 구성에 대해서도 짧
게 언급해 책 전체를 이해하는 데 좋은, 이를테면 저자의 간단
한 자서전이라고 할 수 있다. 당시에는 겸손의 미덕을 소중히
여겼던 선비의 시대여서 자신을 낮추는 의미로 저서의 서문에
해당하는 글을 맨 나중에 붙였다.

사마천은 이릉 장군을 변호하다가 궁형을 당했다. 사마천
으로 하여금 이러한 불행을 겪게 한 이릉 장군은 누구인가?
왜 사마천은 이릉 장군을 벌주어야 한다는 조정의 대세를 따
르지 않고 무서운 군주인 한무제의 심기를 건드리면서까지 그
를 변호했을까?

사마천은 이릉 장군과 자신은 같은 문하에 있었지만, 술잔
을 기울이거나 환담을 나눈 적도 없는 사이라고 이야기했다.
자신이 이릉을 변호하는 이유는 그가 진짜 선비이기 때문임을
강조했다. 즉 효심이 두텁고 청렴하여 사람들이 건네는 선물도
받지 않는 인물이며, 좋은 건 남에게 양보하고 항상 공경하는
마음과 사양하는 몸가짐을 가진 선비. 국가가 위기에 처했을
때에는 자신의 몸을 돌보지 않는 호랑이 같은 사람이라는 것이
다. 그것이 이릉을 곁에서 지켜본 사마천의 판단이었다. 사마

천은 소신을 밝혔고, 이릉은 과연 그렇게 행동했다.

　이릉은 오천 명의 병력으로 흉노를 정벌하러 갔다. 그러나 북방의 호랑이 같은 수만의 흉노 대군을 겨우 오천 군사로 제압하려다 수세에 몰려 적군의 포로가 되고 말았다. 식량과 화살이 떨어지고 구원병마저 오지 않는 사면초가의 상황에서 이릉이 진중陣中을 바라보았을 때, 이릉의 눈에는 목숨을 다해 싸우는 병사들의 처절한 모습이 피눈물로 스며들었다. 적의 칼을 향해 온몸을 던지는 피투성이 병사들의 투혼이 처절한 풍경이었다.

　그때 궁에서는 이릉이 용맹무쌍하게 싸우고 있다는 소식을 듣고 일찌감치 승리를 자축하며 술잔을 높이 들고 있었다. 하지만 장군이 중과부적으로 적에게 체포되었다는 소식이 전해지자 조정의 신하들은 이릉이 한나라의 장군으로서 적에게 항복했다는 죄목을 들어 한무제의 심기를 불편하게 했다.

　이때 사마천이 한무제에게 이릉을 변호한다. 비록 그가 패하기는 했지만, 그것은 역부족이었고 장군으로서 그의 인품과 군자로서 신의가 남달랐다고. 그의 패배가 국가에 대한 또 다른 충성의 모습이라고. 포로가 된 것 역시 구차하게 죽음을 두려워하는 필부의 마음으로 목숨을 연명하기 위함이 아니라, 기회가 될 때 한나라를 위해 목숨을 바치기 위한 '충'의 마음임을 강조한다.

　세상을 살다 보면 하고 싶은 말을 하지 못하는 경우가 있다. 하늘을 우러러 한 점 부끄럼 없이 세상을 사는 일은 그리 녹록치 않다. 정치판 같은 곳에서야 오죽하겠는가. 이릉의 충성은 호도되었고, 결국 온 가족이 사형에 처해졌다. 사마천은 궁형을 당해 한겨울 벌판에 알몸으로 서 있는 형국이 됐다.

　사마천이 이러한 지경에 빠지자 세상은 그에게 냉담한 모습을 보인다. 이 지경까지는 아닐지라도 우리도 이런 상황에 처할 때가 있다. 가난하고 병들고 외로울 때 주위 사람들이 보여주는 냉담한 모습. 사마천의 주위에 있던 사람들도 등을 돌렸다. 하긴 이릉에 대한 변호 때문에 그런 지경에 이르렀으니 그들의 마음자리를 영 모를 일도 아니다. 당시에는 돈으로 사형을 면하기도 했지만, 그 돈을 빌려준 사람도 없었다고 한다. 전 재산을 들여야 할 만큼 그리 큰돈도 아니었다고 하니, 그것을 마련하지 못하는 사마천은 얼마나 안타까웠을까? 그것이 바로 그의 한이 되었다.

　사마천은 형벌을 받으면서 심각하게 고민했다. 먼저 억울함을 곱씹었다. 도대체 내가 뭘 잘못했다고 이런 수모를 겪는단 말인가. 미치기 직전까지 정신이 팽창한다. 몸과 마음은 터져버릴 것 같은 공황 상태에 이른다. 이 모든 상황이 과연 자

신의 것인가 한탄한다. 온몸이 쓸모없음에 대한 좌절감으로
쓰러진다.

그는 살아남아야 할 이유로 글쓰기를 선택했다. 아이러니
하게도 위대한 사마천은 이 순간에 태어난다. 몸의 망가짐이
정신의 죽음에 이르기 직전 사마천은 트라우마(외상 후 스트레
스 장애)를 극복하고 자신의 쓸모를 찾아냈다. 여기서 우리는
한 인간이 도저히 가까이 다가설 수 없는 거대한 사막이나 산
맥 같은 대자연의 숭고미를 보게 된다.

사마천은 도도하게 흐르는 역사의 강물, 인간의 뜻으로는
어찌할 수 없는 대자연의 숭고미 앞에서 자신의 길을 찾았을
것이다. 산속의 벼락 맞은 나무는 하늘을 원망하지 않는다. 모
든 건 그렇게 되는 것이니까. 사마천은 숭고한 사람들, 즉 역
사의 선배들을 떠올린다.

궁형을 당한 것은 그가 이제 더 이상 남성으로서 국정에 나
가 존재감을 드러낼 수 없다는 의미이기도 했다. 사마천은 이
제 당대 권력에서 한발 비켜선 그림자와 같은 삶을 산다. 그에
게 오늘은 단지 거기로 가고자 하는 정거장일 뿐이었다.

그에게 남아 있는 것이라고는 과거와 미래뿐이었다. 그래
서 '지나간 일을 서술해 다가올 일을 생각하는' 문장을 남긴다.
이것이 바로 역사가의 운명이다.

그런데 이 작업을 시작한 지 얼마 되지 않아 뜻밖의 재앙을 만나게 되었던 것입니다. 그리하여 극형을 받았으면서도 태연스럽게 살아남으려 했던 것은 이 저술이 완성되지 못함을 안타깝게 여겼기 때문입니다. 만일 이 저술이 완성되어 명산名山에 보관되고 각지의 선비들에게 전해질 수 있다면, 저의 치욕도 충분히 씻게 될 것이라 생각합니다. 설사 이 몸이 산산이 부서진다 해도 무슨 후회가 있겠습니까?

—사마천, 김창 편역, 『임안에게 보내는 편지』, 『한 권으로 보는 사기』(서해문집, 2004)

사마천은 그의 벗 임안에게 쓴 편지에서 말보다 글을 선택하는 결단을 보인다. 말하기는 정치를 하는 것이고, 글쓰기는 역사를 기록하는 행위다. 그는 말을 버리고 역사를 선택한다.

한 권의 책으로 이름을 남기다

중국 사람들은 이 세상과 저세상을 다르게 보지 않았다. 이승과 저승을 동일 선상에 놓고 보았다. 살아서 황제는 죽어서도 황제이고, 신하는 사나 죽으나 신하다. 제후는 자신의 권력을 상징하는 물건을 안고 무덤에 들어가고, 법관은 법조문을 안고 들어간다. 무덤 속의 물건을 보면 주인의 삶이 한눈에 드러난다.

중국인은 왜 입신출세하고 고관대작이 되려고 하는가? 단순히 현세의 호의호식을 위해서가 아니다. 현실의 입신출세가 다음 생인 유택幽宅의 세계, 즉 명命의 세계에까지 이어지기 때문이다.

사마천 역시 이러한 바람에서 자유롭지 않았다. 그는 『사기』를 저술함으로써 후대의 역사서인 반고의 『한서漢書』에 이름을 남기고 명예를 되찾았다. 그의 저서 『사기』는 불세출의 고전이 되었다. 그는 삶의 치욕을 견뎌내고 살아남아 『사기』를 쓴 덕분에 비통에 찬 자신의 마음을 집필로 승화시키고, 아버지의 마음을 받들어 효를 행하는 두 마리 토끼를 잡았다.

사마천의 아버지 사마담은 아들에게 자신의 뒤를 이어 태사가 되고, 자신을 올바로 세워 효를 행하라, 그것이 부모를 위한 길이라는 말을 남겼다. 사마담은 중국의 역사가 『춘추春秋』를 끝으로 무주공산이 되어버린 것을 한탄하며 아들에게 『춘추』 이래 400년 남짓한 역사를 기록하라고 간곡하게 명한 것이다. 한나라가 천하를 통일했으니 이제 태사가 되어 그것을 기록하지 않으면 안 된다는 바람이었다. 사마천은 아버지의 뜻에 따라 공자의 『춘추』를 이어갈 『사기』를 집필한다. 자신의 뜻이 올바르게 서 있으니 더 이상 두려울 것이 없었다.

사마천이 아버지의 유언을 받들어 『사기』를 써나간 지 10년 만에 이릉 사건이 발생했고, 그 때문에 궁형을 받았지만 그는 중서령이라는 높은 관직에 올랐다. 이때 친구인 임안이 사마천에게 편지를 보내 옥중에서 사형 집행을 기다리고 있는 자신의 다급함을 토로하고, 옛 현신賢臣의 도의를 본받으라고 간청했다. 당신은 임금을 가까이에서 모시고 있으니 좀 도와 달라는 이야기다. 내가 무고한 것은 당신이 잘 알고 있지 않느냐.

사마천은 「임안에게 보내는 편지」라는 답장에서 자신이 비록 중서령의 직책을 맡았으나 쓰레기통에 처박힌 노예나 다름없는 처지라고 했다. 즉, 사내로서 말을 못한다는 이야기다. 그러면서 『사기』를 완성하여 이를 마땅한 자에게 전하고, 큰 마을이나 도시에 퍼져 나가게 할 수만 있다면, 과거의 욕됨을 갚는 것이라고 했다. 그래서 자신은 다만 쓸 뿐이라고.

사마천의 『사기』는 중국 역사책인 이른바 정사正史의 원형이다. 『사기』는 기전체紀傳體로 서술되었다. 기전체에서 기紀는 중국 고대의 전설적인 황제로부터 한나라 무제에 이르는 역대 왕조에 대한 기록이고, 전傳은 각 시대를 풍미했던 다양한 인물에 대한 기록이다.

기와 전 외에 세가世家는 황제를 떠받드는 여러 제후국의 역사이며, 표表는 연표이고, 서書는 경제, 법률 등 각 분야의 제도를 기록한 책이다. 기는 본기本紀, 전은 열전列傳이다. 『사기』는 본기 12권, 표 10권, 서 8권, 세가 30권, 열전 70권 등 모두 130권으로 이루어져 있다.

『사기』의 구성은 이후 중국 역사 서술의 표준이 되었다는 데 큰 의의가 있다. 『사기』 이후에 저술된 『한서』에서부터 『청사고淸史稿』에 이르는 중국 역대 왕조 정사의 원형을 창조했던 것이다.

사마천의 『사기』는 중국의 역사의식이 어떻게 발현되었는지를 보여주는 본보기이기도 하다. 『사기』와 비교할 만한 서양 고대 역사서로 헤로도토스의 『역사Historiae』나 투키디데스의 『펠로폰네소스 전쟁사』가 언급되는데, 이 두 권의 책은 견문기의 일종이기 때문에 『사기』와는 좀 다르다.

사마천 역시 그냥 문득 나온 사람이 아니었다. 『사기』의 「제태공세가齊太公世家」를 보면 역사가의 자세를 보여준 인간 유형이 나온다. 제나라의 권력자인 최저는 그의 임금인 장공을 죽였다. 그러자 제나라의 태사가 이것을 기록에 남겼다. 최저는 자신의 행위를 기록으로 남긴 태사를 죽인다. 그러자 태사의 동생이 '최저, 장공을 사하다'라는 문장을 기록한다. 최저는 태사의 동생마저 죽인다. 두 형의 죽음을 본 태사의 막내 동생 역시 똑같은 기록을 남긴다. 후안무치하고 잔인무도한 최저지만, 세 번째에는 사람도 그 문장도 죽이지 못했다.

한 권의 책은 바로 그 사람이다. 『사기』를 읽는다는 것은 곧 사마천을 읽는 것이다. 현실의 삶을 살아가는 누구에게나 어떤 역경이 있을 수 있다. 궁형을 받은 사마천의 마음을 떠올린다면 나의 고통이 그리 대단한 것일까? 설령 그와 견줄 만한 고통이라 하더라도 주저앉기보다는 그 자리에서 벌떡 일어나 최고가 될 계기가 마련되었다고 생각해보면 어떨까? 바닥으로 내려가면 치고 올라가기가 의외로 쉬운 법이다.

삶의 시련과 한의 문화

소설가 이병주는 "원은 난을 만들고 한은 문화에 통한다"라는 말을 남겼다. 이것은 원한은 분란을 일으키지만, 한 개인의 깊은 한은 문화가 된다는 예술의 또 다른 탄생 과정을 말하는 것이다. 사마천의 한은 이제 동아시아의 문화가 되었다. 그것은 한 줄기에서 시작한 거대한 흐름의 강이 되었다.

다산 정약용은 참혹한 유배지 생활 동안 『여유당전서』를 지었고, 추사 김정희는 제주도 유배지에서 〈세한도〉를 그렸다. 시인 한하운은 천형天刑이라는 한센병을 앓으면서 시를 썼다. 김

지하는 독재 정권에 저항하여『오적』을 비롯한 걸작을 남겼으
며, 신영복은 젊은 시절을 감옥에서 보낸 뒤『감옥으로부터의
사색』을 펴냈다.

아우슈비츠에서 살아남은 작가이자 화학자 프리모 레비도
극단적인 권력의 희생양이었다. 그의 한이『주기율표』와 같은
불멸의 문학작품을 남긴 것이다. 하지만 그는 아우슈비츠에서
'운 좋게' 살아남았음에도 결국 자살을 택하고 만다.

정치권력에 희생되어 모진 수난을 겪는 인간 유형은 동서
양을 막론하고 쉽게 찾을 수 있다. 고대 중국에선 신체의 일부
를 거세하는 형벌을 내렸고, 현대에 와선 인간의 신체와 정신
을 감금함으로써 정신적 불구를 만들고자 했다.

좌절과 울분, 우울증과 죽음의 선택, 한 인생이 넘을 수 없
는 산이 있는 법이다. 그리고 그 앞에 서 있는 사람이 있다. 앞
에 열거한 인물들은 모든 당대의 주변부에 머물렀지만, 그 자
리에서 바로 세상의 중심이 되어 역사의 수레바퀴를 굴린 남
자들이다.

1801년 신유박해로 정약전은 아우 약용과 함께 유배 길에
올랐다. 정약용은 장기를 거쳐 강진에 유배됐고, 약전은 흑산
도에 유배됐다. 정약전은 절해고도 흑산도에서『자산어보』를
저술한다.『자산어보』는 약전이 흑산도 근해의 수산 생물을 실

제로 조사, 채집하고 분류하여 각 종류의 명칭, 분포, 형태, 습성 및 이용에 관해 상세히 기록한 우리나라 최초 수산학 분야의 명저다.

약전이 유배지에서 먼바다 건너 임금의 소식을 기다리며 신세 한탄만 했다면 아마도 시대의 희생양이 되고 말았을 것이다. 그러나 약전은 마냥 체념하기보다 비통에 찬 세월을 견디며 가장 가까이 있는 바다로 걸어 나갔다. 바닷가를 걷고 거친 세파 같은 바닷물에 손을 담그면서 그 걸음걸이로 16년의 세월을 살다가 세상을 달리했다.

한편, 18년 유배지 생활을 견뎌내며 저술한 정약용의 방대한 저서는 오늘날까지 우리 학문의 자존심으로 남아 있다. 다산의 많은 저서 중에서 대중적으로 널리 알려진 『목민심서』도 유배지인 강진에서 쓰였다.

정약용은 두 아들에게 보낸 편지에서 현실의 곤궁함과 괴로움을 이렇게 적었다.

가난하고 곤궁하고 고생하다 보면 또한 마음과 뜻을 단련하고 지혜와 생각을 넓히게 되어 인정이나 사물의 진실과 거짓의 모습을 두루 알 수 있게 되는 것이다. 옛날 선비 율곡 이이와 같은 분은 어버이를 일찍 여의고 그 어려움을 딛고 견디어 얼마 안 되어 마침내 지극한 도를 깨쳤다.

—정약용 · 정약전, 정해렴 편역, 『다산서간정선』(현대실학사, 2002)

선비로서 매서운 추위를 견뎌야 봄날의 매화 향기를 품을
수 있다는 전언은 수세기를 지나 이제 우리에게까지 왔다. 정약
용의 뒤를 잇는 후학들은 이를 명심하며 공부하고 집필했다.

우리에겐 덜 알려졌지만, 다산의 형인 정약종은 당대 가톨
릭 교리를 깊이 연구했다. 천주교가 박해받을 당시 형제와 친
구들이 모두 배교할 때도 끝까지 신앙을 지킨 인물이다. 『주교
요지』라는 저서를 남기고 전도하는 데 최선을 다하다 1801년
대역 죄인으로 참수됐다.

다산은 형들을 모두 잃고 유배지에 남겨진다. 이보다 더한
슬픔이 어디 있으랴. 하지만 우리는 다산의 슬픔보다는 그가
남긴 저서를 통해 선조의 위대한 뜻을 이어간다. 이보다 기쁜
일이 또 어디 있을 것인가.

우리 현대 시문학의 큰 고통이었지만 무슨 일인지 사후에
도 별로 논의가 되지 않은 시인 한하운. 그는 육체적 고통의
극한을 겪은 시인이었다. "운명은 장담할 수 없는 일……"로
시작하는 한하운의 탄식 소리는 문둥병을 선고받던 날부터 터
져 나왔다.

말 그대로 천형이었다. 천형은 하늘이 무너지는 슬픔을 동반한다. 사람들은 천형을 받은 그를 개돼지보다도 못하게 여겼다. 그런 그가 시를 쓰는 이유는 "다만 세상에 절망한 사람, 죽고 싶은 사람들이 이 책에서 어떤 용기를 얻게 되면 이 책의 보람을 다한 것"이기 때문이다. 문장에서 한 맺힌 핏방울이 떨어진다.

그는 한겨울 헌 가마니 한 장에 의지해 서울에서 밤을 지새운 일을 회고하면서, 고통이 심하면 인간은 목소리가 변하고 시력마저 잃어 세상이 잿빛으로 보인다고 회고했다.

지나간 것도 아름답다
이제 문둥이 삶도 아름답다
또 오려는 문드러짐도 아름답다
모두가
꽃같이 아름답고
……꽃같이 서러워라.

—한하운, 「영가靈歌」 중에서, (재)인천문화재단 한하운 전집 편집위원회 편저, 『한하운 전집』(문학과지성사, 2010)

시인의 고통 속에서 그의 절창絶唱이 터져 나왔다. 세상사,

절대 맘대로 되지 않는다. 이러한 생각은 세월이 갈수록 나이 테처럼 가슴에 새겨진다. 세상에는 그가 아니면 안 되는 일이 있다. 그래서 우리는 간절하게 그를 기다리는지도 모른다. 작가의 불행이 독자의 행복이라는 잔인한 말이 틀리지 않다.

하지만 불행조차 사마천이나 정약용, 한하운 같은 사람을 만나 찬란하게 변한다. 고통을 통해 인간성을 죽이려던 잔인한 의도는 무산되고 문화가 생성된다. 이 연금술은 고통을 행복으로, 죽음을 생명으로, 증오를 사랑으로 변화시킨다. 고통을 느낀다는 것 자체가 자궁 속에서 새로운 생명의 탄생을 준비하는 것과 같다.

한하운의 붉은 황톳길은 이후 독재 권력에 저항하는 시인들의 길이 되었다. 항일 저항기에 김소월, 윤동주에서부터 유신 독재하의 김지하 같은 시인들이 이 길을 걸었다. 천형을 받은 건 아니나 감금되고 통제받는 형벌의 길을 감수했다. 이러한 길은 아마도 인류가 존속하는 한 영원할 것이다.

지금 벽이나 감옥에 갇힌 기분이라면, 새장 속에 새가 된 기분이라면 멀리 보지 마라. 가장 가까운 곳에서 살 길을 찾아라. 거기에 모든 것이 다 있다. 사마천의 궁형, 한하운의 천형, 정약용 형제의 유배. 이 모두가 한 인간이 감당하기 어려운 일들이고, 세상의 주변부로, 세상의 개돼지로 전락하는 일들이다. 하지만 거기에서 그들은 모든 것을 이루었다.

당신은 지금 어디에 있는가? 지금 죽고 싶을 정도로 힘들고 괴로운가? 그래도 살아야 할 이유가 있는가? 그들은 이러한 질문만을 우리에게 던진다. 그리고 온몸으로, 온 인생으로 우리에게 답한다. 새장 속에 새가 왜 우는지 궁금하다. 시인은 노래한다.

새장에 갇힌 새가 왜 노래하는지 나는 아네, 아
언제 그의 날개에 상처가 나고, 그의 가슴이 쓰라린지
언제 그가 창살을 두드려대고 자유롭고 싶은지 나는
알고 있지.
그것은 기쁨이나 환희의 축가가 아니라
그의 가슴 속 깊은 곳에서 보내는 기도
하늘을 향하여 높이 던져버리는 탄원인 것을
새장에 갇힌 새가 왜 노래하는지 나는 아네!

─폴 로렌스 던바, 「동정Sympathy」(영문학자 김욱동 교수가 필자에게 번역 소개해준 시) 중에서

비극적 지식인의 삶

「굴원·가생 열전」

어두운 저녁, 박경리 선생의 시 「옛날의 그 집」을 읽는다. 당신의 전 생애 마음 밭인 대하소설 『토지』를 집필한 소설가 박경리 선생은 그 시절 어둡고 외로운 마음이 들면 시를 쓰면서 견딘 모양이다. 좋은 시가 한 인간의 품에서 어떻게 태어나는지를 보여준다. 박경리 선생의 내밀한 속내가 엿보이는 시집이라 가까이 두고 간혹 잠든 아이 얼굴 들여다보듯 읽는다.

그 시에 이런 구절이 있다.

달빛이 스며드는 차거운 밤에는
이 세상 끝의 끝으로 온 것같이
무섭기도 했지만

책상 하나 원고지, 펜 하나가
나를 지탱해 주었고
사마천을 생각하며 살았다

─박경리, 「옛날의 그 집」 중에서, 『버리고 갈 것만 남아서 참 홀가분하다』
  (마로니에북스, 2008)

나는 이 시를 읽으면서 전국 시대의 위대한 비극 시인 '굴원'을 떠올렸다. 비극의 화살은 궁형을 받은 사마천에게 정통으로 박혔지만, 이 넓은 세상에 사마천 혼자 그 화살을 맞았을까? 고대로부터 지금까지 비극의 화살은 날아오고, 인간은 이를 피하지 못한다.

『사기 열전』에서 빛나는 대목은 굴원과 백이, 형가 등의 인물에 대한 인간 비극성의 육화다. 비극이 주변부 인물을 중심부로 끌어올리고 빛나는 인간을 만든다. 나아가 비극은 동서양을 관통하는 삶의 한 궤적으로 지금까지 면면히 이어져 오고 있다.

굴원의 시조인 굴하는 초나라 무왕의 아들로 '굴'이라는 지역을 다스리게 되어 '굴'이라는 성을 받았다. 지혜롭고 기억력이 뛰어났으며 사리 판단에 밝은 굴원은 특히 글 쓰는 능력이 탁월했는데, 초나라 회왕의 신임이 두터워 좌도라는 관직에 있었다. 좌도는 왕의 곁에서 정치적인 조언을 하며 조서나 명령의 초안을 잡고 외교 협상을 진행하는 등의 일을 맡았던 요직이다.

왕과 성이 같고 정치적 요직에 있는 굴원이 글까지 잘 썼으니 왕은 그를 믿고 의지했을 것이다. 왕의 곁에서 사랑받는 그를 시기하는 자가 없었다면, 굴원은 위대한 정치인으로서 초나라를 부국강병의 길로 이끌었을지도 모른다.

회왕은 굴원에게 국가 법령을 만들도록 지시했다. 이때 굴원의 정치적 라이벌인 상관대부上官大夫의 중상모략이 펼쳐진다. 정치의 세계는 권력이라는 달콤한 열매를 따기 위해 상대방의 입안에 들어 있는 것까지도 손가락으로 뽑아내는 인면수심의 세계다.

상관대부는 굴원이 법령을 만들면서 하는 행동이 교만하고 안하무인이라며 왕에게 그를 헐뜯었다. 상관대부가 굴원에게 법령의 초안을 좀 보자고 했는데, 완성되기 전까지는 그럴 수 없다고 한 데 대한 보복이었다.

왕의 판단으로 모든 것이 이루어지던 시절이었다. 귀가 얇은 왕은 조금씩 굴원을 멀리하기 시작한다. 권력의 자리에서 밀려난 굴원은 무엇을 했을까? 권력을 되찾기 위해 자기 세력을 모으고 와신상담하면서 상관대부를 밀어낼 궁리를 했을까? 아니다.

시인 굴원은 엇나가는 세상과 나라와 사람들을 걱정했다. 그리고 그 '걱정'이 시가 되었다. 굴원의 대표작 「이소離騷」는 '걱정스러운 일을 만나다'라는 뜻이다. 깊은 사색에 빠져 이 시를 짓고 아픈 가슴을 달랬다.

사마천은 굴원이 「이소」를 창작한 동기를, 어려운 시절을 만나면 근본을 돌아보는 인간 본성에서 찾는다. 그것은 나그네가 그리운 고향 땅을 찾아가는 심경이다. 굴원은 선비로서 올바르게 행동했고 충성스러운 신하였지만, 간신배들의 모함으로 쫓겨나고 만다. 그 비통한 마음이 바로 「이소」를 쓰게 한 것이다.

「이소」의 첫 구절은 굴원 자신의 태생에 관한 내용으로 시작된다. 그리고 임을 그리는 여인의 '한'을 통해 자신의 심경을 대변한다. 왕과 자신의 관계를 그리운 임과 실연당한 여인의 관계로 설정한 것이다. 고대의 선비들은 임금을 해와 달로 하늘에 모시고 살았다.

참소로 죽음에 이른 굴원

굴원은 전국 시대 초나라, 진나라, 제나라 삼국의 균형을 이루어낸 인물이기도 하다. 굴원은 제나라에 사신으로 가서 세력 확장 중인 진나라를 견제하는 방책을 썼다. 이때 진나라 장의가 나타난다.

장의는 초나라 회왕에게 땅을 바치겠다고 거짓말하여 초나라가 제나라와의 관계를 끊게 만들었다. 뒤늦게 장의의 모략에 속아 넘어간 것을 안 회왕은 군대를 일으켜 진나라와 전쟁을 벌였으나 전세가 불리해졌다. 이때 국교가 단절된 제나라는 초나라를 못 본 척했다.

진나라는 초나라와 화친을 맺으려 했으나 회왕은 농락당한 것이 분해 장의의 목숨을 원했다. 그 말을 전해들은 장의는 자신이 희생하겠다면서 초나라로 들어갔다. 장의는 노회한 정치인이었다. 그는 회왕의 우유부단함을 잘 알고 있었고, 그런 유형의 인간을 어떻게 다뤄야 하는지도 알고 있었다.

장의는 초나라의 권력자인 근상에게 뇌물을 주고 당시 회왕의 사랑을 받던 여인 정수를 통해 감언이설로 왕의 판단을 흐리게 했다. 덕분에 호랑이 굴 같았던 초나라에서 도망쳐 나올 수 있었다. 굴원은 왕에게 장의를 신속하게 처단할 것을 권했으나 이미 장의가 멀리 도망친 뒤였다.

굴원은 회왕의 진나라 공격을 반대하다가 추방됐다. 기원전 299년 진나라에 볼모로 잡혀 있던 회왕이 객사하고 경양

왕이 즉위하여 진나라와 국교를 단절하자 굴원은 다시 정계로 돌아왔다. 그러나 초나라와 진나라 사이에 국교가 회복되면서 또다시 강남으로 추방되어 동정호 남쪽에서 방황하다가 돌을 안고 멱라수에 투신 자결했다.

굴원은 진나라 장의가 꾸민 합종연횡의 함정을 잘 알고 있었기 때문에 제나라와 동맹하려 했다. 그러나 초나라와 진나라, 초나라와 제나라의 동맹관계가 자주 바뀌면서 그의 정책은 실패했고, 그의 운명도 뒤바뀌었다.

조정에서 내쫓긴 굴원은 항상 회왕을 그리워하면서 왕의 곁으로 돌아가기를 바랐다. 군주가 자신의 잘못을 깨닫고 세상이 평화롭기를 바란 그는 시인의 마음이 더 강한 캐릭터였음에도 부국강병을 꿈꾸는 정치인으로서의 모습을 강렬하게 소망했다.

하지만 우유부단한 회왕은 굴원을 멀리하고 간신배를 가까이한다. 그 결과는 전쟁에서 패하고 진나라에서 객사하여 사람들의 웃음거리가 되는 것이었다. 이는 사람을 제대로 알아보지 못했기 때문에 생긴 재앙이다. 사마천은 왕이 현명하지 못하면 백성들이 복을 받지 못한다고 단호하게 말한다.

굴원은 왕이라는 절대자에게 자신을 던진 인물이다. 하지만 조정에서 멀리 떨어진 좌절한 시인은 정치적으로 자신의 뜻을 펼칠 공간을 잃었다. 그가 현실에서 벗어나 신화의 세계를 노래한 이유를 여기에서 찾을 수 있다. 절대적인 존재가 사라진 세상은 그에게 더는 의미를 부여하지 못한다.

제철 지난 유행가 가사처럼 임을 잃은 마음엔 그리움만 쌓이는 것이다. 변방에서 왕이 부르기만을 기다리며 '사미인곡'을 지어 불렀다. 결국 정치인으로서의 좌절감이 그의 머리에 비극 시인이란 월계관을 얹어준 것이다. 그 월계관은 가시투성이였다.

이제 마지막으로 외치노니
아! 모든 것은 끝났도다
나라에 사람 없어 날 알아주지 않으니
아! 고국을 그리워한들 무엇하리
더불어 나의 꿈을 펼칠 수 없을 바엔
죽음으로 간언하던 팽함을 뒤따르리라

―굴원, 「이소」 중에서, 기세준 외 편역, 『중국역대시가 선집 1』(돌베개, 1994)

어느 순간 그리움과 희망이 완전히 사라졌다. 기다리고 기다리던 왕이 진나라에서 비참하게 객사한 순간, 굴원의 목숨도 그의 것이 아니었다. 그의 「어부가」는 세상 살아갈 의미를 상실한 천재의 비참한 심경을 담고 있다. 굴원은 겨울나무처럼 앙상한 몰골이 되었다. 새 한 마리도 지탱하지 못하는 병든 나뭇가지가 된 것이다.

신하는 자신을 알아주는 주군을 위해 목숨을 버리고, 여인은 사랑하는 임을 위해 화장을 고친다. 굴원의 꾀죄죄한 얼굴빛과 마른 나뭇가지가 된 몸은 군주를 잃은 신하의 당연한 모습이었다. 그럼에도 굴원은 원망하지 않았다. 굴원이 죽은 뒤로 초나라는 날로 국세가 기울어 수십 년 뒤에는 결국 진나라에게 망하고 만다.

삶과 죽음은 하나다

현실에 좌절한 사람은 굴원을 좋아한다. 굴원은 정치인으로서 조정에 나가 뜻을 펼치고 싶었다. 그것이 현실에서 받아들여지지 않은 탓에 지금껏 위대한 비극 시인으로 남았다. 그가 만약 초나라의 정치인으로 활동했다면 이처럼 이름이 빛날 수 있었을까?

굴원은 현실의 좌절을 품고 신선의 노래를 불렀다. 위대한 작품을 쓴 굴원은 자신을 알아주지 않는 세상을 더러운 세상

으로 보았다. 굴원의 마지막 시 「어부사」는 그런 심경을 직설
적으로 표현한다.

굴원이 말하길
머리를 감은 사람은
반드시 갓을 털고
목욕을 한 사람은
반드시 옷을 턴다오
어찌 결백한 몸으로
더러운 것을 받아들이리요
차라리 강물에 뛰어들어
물고기 밥이 될지언정
백옥같이 고결한 몸에
어찌 속세의 티끌을 묻힌단 말이오

—굴원, 「어부사」 중에서, 기세준 외 편역, 『중국역대시가 선집 1』(돌베개,
1994)

「어부사」의 마지막 구절은 "그렇게 떠난 후로는 그 어부를
다시 볼 수 없었다"이다. 하지만 우리는 그 어부를 지금도 계
속해서 다른 시대 다른 사람의 모습으로 만난다. 떠나간 사람

은 살아 있는 사람의 마음과 마음으로 전해지는 법이다.

굴원을 두고 현실도피자라고 말할 수 있을까? 현실에 대한 좌절감과 분통을 잊기 위해 신화 세계를 노래하고, 난국의 더러움을 싫어하여 고결하게 죽겠다는 그의 선택에 대해 사마천은 이렇게 평했다. 삶과 죽음을 하나로 보고 출가와 출세의 길을 가볍게 여겼으니 자신은 마음에 깨달은 바가 있어 상쾌하다고.

이러한 연유에서인지 굴원의 시에는 현실 밖의 세상, 세상의 시원인 신화의 세계가 펼쳐진다. 굴원의 시는 중국 신화 전설의 첫 페이지를 장식한다. 그의 시 「초사」에서 '천문'은 신화 연구자들에게 기초 문헌이자 동아시아 신화의 거대한 문을 여는 열쇠와 같다. 그는 시인으로 우뚝하다.

묻노니, 아득한 옛날, 세상의 시작에 대해 누가 전해줄 수 있을까?
그때 천지가 갈라지지 아니하였음을 무엇으로 알아낼 수 있으랴
모든 것이 혼돈 상태, 누구라서 그것을 분명히 할 수 있을까?
무엇이 그 속에서 떠다녔는지, 어떻게 확실히 알 수 있을까?
끝 모를 어둠 속에서 빛이 나타나니 어찌된 일일까?

음과 양의 두 기운이 서로 섞여서 생겨나니, 그 내력은 어디서 시작된 것인가?

둥근 하늘엔 아홉 개의 층이 있다는데, 그것은 누가 만든 것일까?

이러한 작업은 얼마나 위대한가? 누가 그 최초의 창조자였을까?

—위앤커, 전인초·김선자 공역, 『중국신화전설 1』(민음사, 1999)

후대의 신화 연구자들은 시인 굴원의 이러한 질문을 염두에 두고 신화의 세계로 들어간다. 고대 동아시아의 신화 세계를 굴원은 시로 노래한다. 사마천은 사람이 곤궁해지면 근본을 되돌아본다고 말했다. 굴원은 곤궁해지자 좌절과 분통한 마음으로 하늘을 올려다보았다. 거기에 신들의 세상이 있었다.

아침에 곤륜산에서 흐르는 백수를 건너
신선들이 사는 낭풍에 말을 맨다
문득 돌아보니 흐르는 물
슬프다 초나라에 임이 보이지 않는구나

나는 우레의 신 풍륭을 불러

구름을 타고 강의 신 복비를 찾아

허리 패옥 풀어 언약하고

그녀의 신하 건수에게 중매를 부탁하리라

　─굴원, 「이소」 중에서, 기세준 외 편역, 『중국역대시가 선집 1』(돌베개,
　　1994)

조선의 굴원, 허난설헌

굴원이 멱라수에 몸을 던지고 100년이 지나서 사마천은 한나
라의 가생을 이야기했다. 굴원의 뒤를 이은 중국인이 가생이
라면, 조선에는 허난설헌이 있다.

　오랫동안 허난설헌을 연구해온 허미자 선생은 『허난설헌』
이라는 책에서 난설헌의 정체성에 대해 이야기한다. 대개 조
선 시대 여성들은 이름을 가질 수 없었고 이름을 가진다는 것
은 자신을 남과 구분하는 행위인데, 난설헌은 '난설헌'이라는
당호 말고도 '초희'라는 이름과 '경번'이라는 자字까지 가지고
자신의 모습을 지키며 살았다는 것이다.

　난설헌은 굴원이 맛본 좌절을 고스란히 품고 태어난 여인
이었다. 난설헌의 조선은 어찌할 수 없는, 넘을 수 없는 좌절

의 벽이었다.

여자는 글을 배우면 안 된다는 사대부 세상에서 난설헌은 부친과 오빠 등의 도움으로 글을 익히고 배웠다. 조선의 여자로 태어난 딸의 재능을 안타까워하던 아버지 초당 허엽은 일찍이 영민한 딸의 불행을 짐작했는지도 모를 일이다.

난설헌의 오빠인 하곡 허봉은 누이 난설헌이 자신의 글벗인 손곡 이달에게서 시를 배우도록 했다. 그녀는 학문에 대한 뜨거운 열정으로 당대 석학이던 아버지와 오빠들의 책을 모조리 읽고 외워 스스로 시 세계의 지평을 넓혔다.

난설헌의 스승인 손곡 역시 좌절한 조선의 지식인이었다. 그의 울분은 서자로 태어난 신분적 한계에서 비롯됐다. 첩의 자식인 서자는 뛰어난 재주가 있어도 세상에 널리 쓰이지 못했다. 그는 뛰어난 재능으로 한리학관漢吏學官이 되었지만, 그 자리를 박차고 나와 일정한 거처에 머물지 않고 여기저기 돌아다니면서 방탕하게 살았다고 한다. 이런 손곡을 품어준 곳이 바로 난설헌 집안이었다. 스승의 이러한 기질이 난설헌에게도 전해졌을 것이다.

좋은 집안에서 태어나 아버지와 오빠들의 보살핌을 받으며 공부하고 시를 짓던 난설헌의 불행은 안동 김씨 집안의 김성립에게 시집가면서 시작됐다. 뛰어난 재능의 아내를 맞은 김성립은 어찌된 일인지 밖으로만 나도는 난봉꾼 같은 행태를 보였다. 사람들은 그가 아내의 뛰어난 재주에 질투를 느낀 것이라고 숙덕거렸다. 달콤한 신혼을 꿈꾸었을 젊은 난설헌에게는 한스러운 일이 아닐 수 없었다.

보배스런 순금으로
반달 모양 노리개를 만들었지요
시집올 때 시부모님이 주신 거라서
다홍 비단 치마에 차고 다녔죠
오늘 길 떠나시는 님에게 드리오니
서방님 정표로 차고 다니세요
길가에 버리셔도 아깝지는 않지만
새 여인 허리띠에만 달아주지 마셔요

—허난설헌, 「새 여인에게 주지 마셔요」, 허경진 편역, 『허난설헌 시집』
 (평민사, 2008)

굴원이 변방에서 회왕의 부름을 기다리면서 임에 대한 그리움을 사미인곡으로 노래했다면, 난설헌은 집에 잘 들어오지 않는 남편을 기다리며 시를 짓는다. 굴원의 임은 왕의 은유지만, 난설헌의 임은 여인의 현실이다.

　당시의 고질적인 고부 갈등까지 겹치면서 난설헌의 몸과 마음이 병들기 시작하고, 금쪽같은 아들과 딸을 연이어 저세상으로 보내야 하는 부모의 한까지 마음에 품었으니, 스물여덟 해 난설헌의 일생이 짧은 것을 병약한 탓으로만 돌릴 수 있을까.

　당대 명문장 집안에서 태어나 탁월한 재능으로 우리나라 최초의 문집을 간행한 시인 허난설헌. 나는 그녀를 여성 시인이라 부르지 못한다. 조선 시대에 여성으로 태어나 가슴 깊이 한을 새겼을 시인을 훗날 다른 시인이 여성 시인이라 부르면 안 될 일이다. 나는 그녀를 굴원의 대를 잇는 위대한 '조선의 시인'이라 부른다.

　그녀는 대선배 굴원처럼 신화와 신선의 세계를 노래한 시인이다. 중국 시인 주지번朱之蕃은 난설헌의 시집에 머리말을 쓰면서 그녀를 '봉래산'을 떠나 인간 세계로 우연히 귀향 온 선녀라고 소개하고, 그녀가 남긴 시들은 모두 아름다운 구슬이 됐다고 했다. 당대 중국 선비들은 난설헌의 시집을 허리에 차고 다니며 읽었다고 한다.

　난설헌의 시에는 신선과 꿈이라는 단어가 많이 나온다. 현실에 대한 좌절과 분노가 터져 나와 꽃봉오리로 피어난 것이다. 이 꽃봉오리에 신선이 노닌다. 그것은 단순한 도피가 아

니다. 자신의 재능을 펼치지 못하는 울분의 마음이 지평을 넓
힌 것이다.

> 어젯밤 꿈에 봉래산에 올라
> 갈파의 용을 맨발로 탔네
> 신선들께선 파란 옥지팡이를 짚고
> 부용봉에서 나를 맞아주셨네
> 아래로 동해물을 내려다보니
> 한잔의 물처럼 고요히 보였지
> 꽃 아래서 봉황이 피리를 불고
> 달빛이 황금 술항아리 비춰주었지
>
> —허난설헌, 「봉래산에 올라」, 허경진 편역, 『허난설헌 시집』(평민사, 2008)

바다 가운데에 있는 신선의 산인 봉래산을 향해 용을 타
고 신선의 나라로 가고 있는 난설헌의 모습이 잘 그려져 있다.
한 시절 나는 동양 신화에 관한 책을 읽으면서 이 신화의 세
계야말로 내가 궁극적으로 가야 할 고향임을 간절히 느낀 적
이 있다.

그땐 삶이 무척 힘겨웠다. 인간관계에 대한 배신감, 재능
없음에 대한 좌절감을 광활하고도 신비한 신화의 세계가 다

품어주었다. 밤하늘의 별자리만 천체망원경으로 올려다보아도 현실이라는 이 좁고 미어터진 세상에서 한 발짝 떨어질 수 있었다.

나는 스스로에게 물었다. 문학이란 무엇인가? 치열한 삶을 살면서 현장에서 투쟁하고 정치적으로 건강하고 도덕적이어야 하는 것이 정도지만, 신선이나 신화 세계를 통해 인간의 꿈자리를 넓게 펼쳐주는 것 역시 문학이 해야 할 일이 아니던가.

좌절한 정치인으로서 비극 시인이 되어 신화의 세계를 거닐었던 굴원의 초나라, 그리고 허난설헌의 이름 허초희許楚姬. 번역하면 초나라 계집이라는 뜻이니 우연인지 필연인지 허난설헌은 굴원의 한을 품고 태어난, 중국 시인의 은유처럼 선녀인지도 모를 일이다.

천상의 선녀는 잠시 지상에 내려와 쓴 시를 임종을 맞아 다 태워버렸지만, 여섯 살 아래 동생 허균은 천재적인 머리로 불우했던 천재 누나의 시를 외워 시집으로 엮어냈다. 천재 허균이 편집해 전하는 시가 210편이다. 허균은 보는 대로 외우는 비상한 머리를 가지고 있었고, 이 시집을 중국으로 보낸다.

조선에 비해 중국은 여성에 대한 편견이 그리 심하지 않았다. 이미 『전당시全唐詩』에 실린 여성 시인이 109명이나 된다고 한다. 난설헌의 시는 중국에서 『난설헌집』으로 몇 백 년에 걸쳐 여러 차례 출판되었고, 일본에서도 분다이야 지로文台屋次郎에 의해 출판돼 목판본이나 필사본으로 퍼졌다. 그녀의 시가 동아시아 삼국에서 읽혔으니, 난설헌은 당대에 요절한 국제적인 시인이었다.

세상은 변한다. 굴원이 당초 꿈꾸었던 삶이 좌절된 그 자리에서 다시 시작한 것은 무엇일까? 섬진강 위에 배를 띄운 저 어부에게 물어볼까? 다시 박경리 선생의 시를 읽는다.

그 세월, 옛날의 그 집
나를 지켜주는 것은
오로지 적막뿐이었다.
그랬지 그랬었지
대문 밖에서는
늘
짐승들이 으르렁거렸다.
늑대도 있었고 여우도 있었고
까치독사 하이에나도 있었지
모진 세월 가고
아아 편안하다 늙어서 이리 편안한 것을

버리고 갈 것만 남아서 참 홀가분하다.

　　―박경리, 「옛날의 그 집」, 『버리고 갈 것만 남아서 참 홀가분하다』
　　　(마로니에북스, 2008)

세상에 웃음으로 답하다

「골계 열전」

금융자본주의 세상에서 사는 일은 버겁다. 인간의 가치와 판단이 돈 때문에 어지럽고, 빈부의 격차가 심해지니 세상은 날로 황무지가 된다. 뙤약볕 아래에서 하루하루 각박한 일상을 견디는 현대인에게 유머는 그늘이고 쉼터다. 사람들은 웃고 싶어 한다.

사회 지도층 인사들 중에도 유머가 있는 사람이 권위적인 사람보다 인기가 높고, 대중문화를 이끌고 있는 '스타'들 중에 개그맨 출신이 많은 것도 결코 우연이 아니다. 남녀관계에서는 말할 것도 없다. 여자건 남자건 재미있는 이성에게 더 호감을 갖는 법이다.

웃음은 타인이 나에게 반응하는 신호이고, 나의 에너지를 긍정적으로 내뿜는 기운이다. 유머는 인체에 꼭 필요한 비타민이다. 웃음을 통해 '깨달음'을 얻기도 한다. 유머는 사막을 건너는 낙타의 에너지원인 육봉과 같은 것이다.

나라를 살리는 웃음의 힘

「골계 열전」에는 사마천이 쓴 세 인물과, 사마천의 후대 사람인 저소손이 덧붙인 여섯 명의 인물이 등장한다. 골계란 익살을 부리는 가운데 교훈을 주는 것을 뜻하는 말. 「골계 열전」의 인물들은 하나같이 따뜻하고 인간적인데 기지와 재치, 웃음을 통해 어려운 문제를 해결한다. 신하로서 왕의 심기를 건드리지 않고, 왕으로 하여금 자신의 실정失政을 반성하게 하여 왕의 잘못을 바로잡는 지혜로운 사람들이기도 하다.

사마천은 제나라 사람인 순우곤이 데릴사위 출신이라고 밝히면서 「골계 열전」의 문을 연다. 중국의 춘추 전국, 진나라, 한나라 시대에는 데릴사위의 지위가 매우 낮았다. 공개적으로 무시를 당했고, 죄수 취급을 당하기도 했다. 이렇게 출신은 비천했지만, 순우곤은 신분의 약점을 극복하고 재상까지 역임한 입지전적 인물이다. 왕의 곁에서 자신의 의견을 밝힐 수 있을 정도의 지위까지 올랐다.

순우곤이 출세할 수 있었던 것은 문제의 본질을 꿰뚫어 보면서도 타인의 마음을 상하지 않게 하는 충언 덕분이었을지도 모른다. 그 충언 속에는 유머가 있었다. 가령, 이런 식이다. 위왕이 국사를 돌보지 않고 방탕한 생활을 하자 순우곤이 슬그머니 왕에게 수수께끼를 낸다. 대신들이 직언을 하지 못하고 왕의 눈치만 보자 꾀를 낸 것이다. 순우곤은 왕이 수수께끼를 좋아한다는 사실을 알고 왕의 심기가 편안한 때를 기다려 이런 질문을 한다.

"나라 안에 큰 새가 있는데, 대궐 뜰에 있으면서 3년이 지나도록 울지도 않고 날지도 않고 있습니다. 왕께서는 이것이 무슨 새인지 아십니까?"

왕은 생각한다. '내가 3년 동안 정사를 돌보지 않고 방탕한 생활을 해서 불만이 많다는 이야기가 아닌가?' 하지만 왕은 순우곤의 용기가 가상하기도 하고 재미도 있어 멋진 답변으로 대응했다.

"그 새는 한번 날았다 하면 하늘 높이 날아오르고, 울었다 하면 사람들을 놀라게 한다."

신하인 순우곤의 수수께끼를 풀면서 위왕은 스스로 깨달은 바가 있었는지 자신이 국정을 소홀히 하는 동안 각 지방을 책임진 관리들을 다 불러 모았다. 탐관오리들은 사형에 처하고 모범적인 관리에게는 상을 주어 노고를 치하했다. 왕은 자신이 잠시 정사를 소홀히 하는 동안 묵묵히 제 할 일을 한 사람과 그때를 노려 횡포를 부린 자를 가려내 군주의 위엄을 보였다.

만약 순우곤이 수수께끼를 내는 기지를 발휘하지 않고 "왕이시여, 당신이 방탕한 생활을 하는 동안 국정이 문란해지고 백성들의 삶은 도탄에 빠졌습니다. 제발 정신을 차리시오"라고 직언했다면 왕은 어떤 태도를 취했을까? 쾌락에 빠져 있던 왕의 눈에 순우곤은 무례한 인물로 비쳐 엄벌에 처해질 수도 있었다. 목숨을 내놓고 직언을 해야 할 때가 있고 기지를 발휘해야 할 때가 있는데, 순우곤은 그것을 잘 알고 있었다.

왕을 보필해 주변국들로부터 빼앗긴 국토를 회복하고 이후 제나라가 36년간 번성하도록 힘을 썼던 순우곤은 '작은 것을 가지고 큰 것을 바라는 마음'을 경계하라는 잠언을 남긴다. 우리가 살아가는 일도 작은 것을 가지고 큰 것을 바라기 때문에 고통이 따른다. 잠시 눈을 감고 그런 생각을 하면 금방 알 수 있다.

제나라에 초나라가 쳐들어왔을 때, 위왕은 순우곤의 기지를 믿고 조나라에 가서 구원병을 요청하라는 명을 내렸다. 구원병을 보내주는 대가로 황금 100근과 사두마차 10대를 예물로 가져가라고 했다. 나라의 운명을 부탁하는 대가로는 터무

니없이 적은 예물이었다.

위왕의 성정을 잘 아는 순우곤은 이때도 '너무 적은 것으로 많은 것을 바라면 낭패를 본다'고 직언하지 않았다. 그 대신 하늘을 보고 크게 한번 웃었다. 왕명을 받고서도 갓끈이 떨어질 정도로 웃어대는 순우곤을 보고 왕은 눈치를 챘다. 예물이 너무 적어서 그러느냐고 물었다.

하지만 순우곤은 '예'라고 대답하지 않았다. 왕이 답답하여 웃는 이유를 재촉하여 묻자, 저잣거리에서 사람들이 돼지발 하나와 술잔을 손에 들고 풍작을 빌면서 부르는 노래를 불렀다.

높은 밭에서는 광주리에 넘치고
낮은 밭에서는 수레에 가득 차게
오곡이 풍성하게 익어
우리 집에 넘쳐나게 해주십시오.

—사마천, 김원중 옮김, 『사기 열전 2』(민음사, 2007)

순우곤은 이 노래가 떠올라 웃음이 났다고 대답한다. 이 말을 듣고 왕은 황금 1,000일鎰, 백옥 10쌍, 사두마차 100대로 예물을 늘렸다. 순우곤은 그 예물을 조나라 왕에게 바친 뒤 정예 병사 10만 명과 전차 1,000대를 이끌고 돌아왔다. 구원병이 온다는 소식을 들은 초나라는 한밤중에 도망가듯이 군사를 물렸다. 그 대가로 나라의 운명이 절체절명의 위기의 순간에서 벗어났다. 적의 갑작스러운 침략으로 혼쭐이 난 위왕은 순우곤을 나라의 선생으로 극진하게 대접했다.

웃음으로 죽비를 치다

초나라 음악가인 우맹의 이야기도 재미있다. 우맹은 비록 왕명일지라도 사리에 닿지 않을 때에는 날렵한 풍자로 사태를 옳은 길로 이끈 인물이다. 관료는 아니었지만 그가 웃으면서 왕에게 읊은 풍자시는 왕과 나라의 체면을 세워줬다.

어느 날, 장왕의 애마가 늙어 죽자 말을 매우 사랑했던 왕이 신하들에게 말의 장례식을 대부의 예로서 지내라고 명령했다. 당연히 올곧은 신하들은 말에게 대부의 장례는 지나친 처사라고 직언했지만 왕은 자신의 잘못을 깨닫지 않고 오히려 더이상 말의 장례식에 대해 떠드는 자가 있으면 사형에 처하겠다고 엄포를 놓았다.

그 소식을 듣고 우맹이 궁궐로 들어가 곡을 했다. 왕이 놀라서 까닭을 물으니 "왕께서 아끼시는 애마의 장례는 국왕의 예로서 지내야 한다"고 했다. 짐승의 죽음에 너무 과한 대접을 하는 왕의 행위에 대해 신하들이 모두 반대를 하는데 오히려 더 성대하게 장례를 지내자는 우맹의 말에 솔깃한 왕이 어떻게 하면 되겠느냐고 물었다. 우맹은 이렇게 대답했다. 옥을 다듬어 관을 짜고, 가래나무로 널을 만들고, 느릅나무와 단풍나무 녹나무로 횡대를 만들어야 한다고.

또 병사들을 동원하여 무덤을 파고 백성들에게 흙을 퍼 나르게 하고 이웃 나라의 사신들을 모두 불러들여서 갖은 예를 갖추면 왕께서 사람보다 말을 더 아끼고 사랑한다는 것을 잘 알게 된다고 풍자 섞인 대답을 내놓는다.

그제야 왕은 정신을 차리고 애마의 말고기를 사람들에게 나눠주었다. 풍자를 통해 그것이 마땅한 처사임을 깨달은 것이다. 말의 제사를 대부의 예로서 지내는 것에 반대하면 사형을 시키겠다는 생각도 싹 잊어버렸다. 자신의 잘못을 알았기 때문이다. 인간에게는 누구나 이런 면이 있다. 문제를 앞에 놓고 어떤 판단을 할 때, 잠시 앞을 보지 못하는 순간이 있기 마련이다. 이성을 상실한 것이다. 필부들의 행동은 그 결과가 미미하지만, 왕의 한마디는 국운과도 연결된다. 이 순간에 우맹과 같은 처사는 매우 중요하다.

우맹의 기지는 초나라 재상 손숙오와의 관계에서도 드러난다. 손숙오는 자신이 죽으면 아들이 가난하게 살게 될 것이라는 것을 알았다. 부잣집 개가 죽으면 문상을 오지만, 부자가 죽으면 상가가 썰렁한 법이다. 그는 자신의 사후에 집안 형편이 어려워지면 우맹을 찾아가라고 아들에게 유언을 남겼다.

과연 그대로 되었다. 손숙오의 아들은 아버지가 돌아가시자 조정이 전혀 살림을 돌보아주지 않아 지독한 가난을 견디지 못하고 우맹을 찾아간다. 우맹은 자초지종을 듣고 손숙오 아들에게 자신의 곁에서 멀리 가지 말라고 당부한다. 그리고 1년간 손숙오의 의관을 걸치고 행동과 말투도 흉내 내어 왕이 우맹을 보고 손숙오와 착각할 정도가 되었다.

손숙오를 그리워한 왕은 우맹을 재상으로 삼으려 했다. 그때 우맹은 아내와 상의할 시간을 달라고 한 뒤 다시 왕을 찾아갔다. 그 자리에서 우맹은 자신의 아내가 과거 손숙오의 예를 들면서 재상을 하지 말 것과 초나라 재상을 하느니 차라리 죽는 게 낫다고 하더라는 말을 전한다. 손숙오가 초나라 재상으로 충성을 다해 왕을 보필했지만 그 아들이 굶어죽게 생겼는데 그런 자리를 왜 가냐고 했다는 것이다. 우맹은 이 내용으로 시를 지어 노래로 불렀다. 노래를 다 듣고 난 왕은 손숙오의 아들을 불러 전직 재상의 예를 차려 아들에게 적당한 재물을 내려주었다.

사마천은 이 일화를 이야기하면서 "이것은 진실로 말해야 할 시기를 알았다 할 것이다"라고 덧붙였다. 사실 우맹은 왕에게 한마디를 하기 위해 오랫동안 궁리하고 행동했다. 자신의 뜻을 이루기 위해 치밀하게 준비를 한 것이다.

낚시질도 입질이 와야 대를 당기는 것이다. 어떤 한순간에 내린 적절한 판단과 선택이 매우 오랜 세월을 갈 때가 있다. 순간의 선택이 평생을 간다고 했던가. 적절한 타이밍을 찾을 때까지 인내하고 기다려야 한다. 중국의 핵심 사상에서 '인忍'은 매우 중요하다. 때가 될 때까지 견디고 기다리다 보면 실록이 녹음이 되고 어느 순간 단풍이 드는 법이다. 때를 기다려야 큰일을 한다. 절묘한 타이밍은 더도 덜도 아닌 바로 그 시점에 사람을 움직이는 에너지다.

칼을 품은 웃음

「골계 열전」에 등장하는 인물들은 천한 신분이었다. 순우곤은 데릴사위였고 우맹은 음악가였으며, 또 이들보다 200년 뒤의 인물인 우전은 난쟁이 가수였다. 우전은 시황제 때의 사람이다. 시황제는 중국을 통일한 최초의 황제로 그 권위나 위엄이 역대 다른 왕보다 무겁고 무서웠다. 이런 천하의 시황제도 우

전의 재치 앞에서는 웃으면서 자신의 잘못을 깨달았고 그의 뜻
을 들어주었다.

난쟁이 가수 우전은 시황제의 연회에 초대된 자리에서 호
위병들이 비를 맞으면서 고생하는 모습을 보고 기지를 발휘했
다. 연회에서 시황제의 장수를 빌면서 만세를 부를 때 난간으
로 나아가 호위병들을 불러 "나는 키가 작지만 연회장에서 편
히 쉬고 있고, 너희들은 나보다도 키가 큰데 가련하게 빗속에
서 있으니 키가 큰 게 다 무슨 소용이냐"고 너스레를 떨었다.
그 말을 들은 시황제는 웃으면서 호위병들을 반으로 나누어 교
대로 쉬게 했다.

같은 뜻을 지닌 말이라도 재치와 풍자를 섞어 이야기하면
듣는 이도 즐겁고 효과도 있다. 물론 이렇게 하려면 뛰어난 재
능과 훈련이 있어야 한다. 풍자나 해학은 자칫 잘못하면 오히
려 역효과가 나기 때문이다. 그저 웃자고 한 이야기가 통하지
않을 때라면 조금 창피하면 될 일이지만, 국사를 논하는 자리
나 시황제와 같은 절대 권력자 앞에서는 머릿속의 문장이 빙
빙 돌아도 감히 입 밖에 내지 못할 수도 있다.

그런 관점에서 보면 「골계 열전」에 나오는 인물들은 배짱
도 두둑했고 부단히 노력해 자신의 입지를 다졌다는 것을 짐
작할 수 있다. 그들은 당대의 마이너들이었기에 어려운 조건

에서 혼자 공부했을 것이다. 또 문학과 경전을 통해 자신만의 화법을 개발하고 그때그때 상황에 대처하는 능력을 길러 자신들이 움직여야 할 정확한 때를 알게 됐으리라.

사람의 마음을 움직이기 위해서는 한 치의 오차도 없어야 한다. 우전은 시황제가 궁궐의 정원을 크게 넓히려 하자 좋은 일이라며 왕의 비위를 맞추었다. 한 술 더 떠서 그 정원에 새와 짐승을 많이 길러서 적군이 쳐들어오면 고라니나 사슴을 시켜서 대적하자고 신나게 이야기한다.

이것이 「골계 열전」의 유머 기법이다. 일단은 상대방의 말을 긍정한다. 잘못을 바로 일러주기보다는 한번 꺾고 넘어간다. 그리고 거울로 보듯 자신의 모습을 반성하게 한다. 이러한 유머들은 절대 권력자들에게 자신의 모습을 보게 하는 거울 효과가 있었다. 철없이 노는 아이에게도 거울을 보여주고 더러워진 얼굴을 보게 하면 세수는 스스로 한다. 하물며 상대는 왕이다. 억지로 왕의 얼굴에 손을 대면 목숨이 열 개라도 살아남지 못한다.

우전 역시 정원을 넓히자는 시황제의 의견을 일단 좋은 일이라고 수긍한다. 그러면서 그 정원에 있는 짐승들을 나라 지키는 군사로 쓰자고 함으로써 역설적으로 군대의 중요성을 이야기한다. 호시탐탐 적의 칼이 제국을 노리고 평생 암살 위험에 시달렸던 시황제는 일의 선후를 생각하도록 하는 우전의 말에 동의하지 않을 수 없었을 것이다. 우전의 지혜로운 유머 덕분에 시황제는 자존심을 지켰고, 자기 뜻을 관철할 수 있게 됐다.

「골계 열전」에는 서한 시대의 저소손이 내용을 보충한 부분이 있다. 저소손은 골계 인물에 대한 여러 이야기를 전하면서 "이것을 읽어보면 기분이 유쾌해지므로 후세 사람들에게 보일 만하다"고 썼다. 이 이야기에 나오는 위나라의 현령 서문표란 인물은 유머와 결단으로 후세 사람에게 귀감이 될 만하다.

위나라의 업현이라는 마을에 현령으로 부임한 서문표는 마을 장로들을 불러놓고 백성들이 고통받는 일이 무엇인지 의논했다. 그 자리에서 서문표는 황하의 신인 '하백'에게 신붓감을 바치는 일로 백성들이 고통당하고 있다는 이야기를 들었다. 내막은 이러했다.

업현의 관리들이 백성들에게서 거둔 세금 중 상당 부분을 하백에게 여자를 바친다는 명목으로 착복한다는 것이다. 때가 되면 무당이 백성들 집에서 예쁜 처녀를 하백의 아내로 정한 후, 마치 살아 있는 사람에게 시집을 보내는 것처럼 신부 화장을 시키고 물가에 제궁을 지어 그곳에 열흘 정도 기거하게 하면서 고깃국과 밥을 준다. 그리고 여자를 신부랍시고 뗏목에 방석을 깔고 강가로 띄워 보낸다. 처녀는 결국 물에 수장되고 만다.

이러한 풍습 때문에 딸을 가진 집은 무당이 자신의 딸을 하백에게 시집보낼 것이 두려워서 도망치는 경우가 많았다. 이러한 악습이 계속되는 이유는 '하백에게 신부를 바치지 않으면 백성들을 익사시킬 것이다'라는 민간의 속설 때문이었다. 장마철 하천 범람에 따른 수해의 두려움이 왜곡되어 나타난 것이다. 수리 시설 부족으로 인한 잦은 홍수 때문에 생긴 백성들의 두려운 마음을 악용한 행위였다.

그런 사연을 들은 서문표는 마을 장로들에게 신부를 바치는 행사가 있을 때 자신을 부르라고 했다. 그날이 오자 서문표는 마을 어른들과 백성들이 모여 있는 물가에서 섬뜩한 퍼포먼스를 진행한다. 무당은 일흔 살이 넘는 노파였다. 열 명의 제자도 있었다. 우선 하백의 제물이 될 처녀를 보고 나서 서문표는 그녀가 아름답지 않다고 말한 다음, 무당에게 강 속에 들어가 하백에게 자신의 뜻을 전하라고 했다. 그러고는 군졸을 시켜 황당해하는 무당을 가차 없이 강물에 빠뜨려버린다.

사람을 수장시켜버린 엄청난 상황, 그것도 마을의 권력인 무당을 강물에 던져버린 사태에도 불구하고 서문표는 천연덕

스럽게 한참 동안 강을 바라보며 기다린 다음, 왜 무당이 안 나오느냐며 이번에는 네가 가서 어서 데려오라고, 그 제자를 강물에 던져버린다. 무당에게 어서 나오라는 말을 꼭 전하라는 명과 함께. 이런 식으로 하나둘씩 강물 속에 제자를 던지고 나서 이번에는 마을의 삼로, 즉 어른들을 향해 당신이 가야겠다고 하고선 물속으로 던져버린다.

사태가 이렇게 전개되자 수군대던 어리석은 마을 사람들도 큰 깨달음을 얻는다. 하백의 전설이 미신이라고, 이러한 행동을 하면 엄벌에 처한다고 하면서 그들을 법으로 강제 집행했다면 거센 반발이 있었을 것이다. 진정한 고수는 흐르는 물처럼 자연스럽게 행동하고 결과를 도출한다. 모든 상황은 이렇게 정리됐다. 다음 순서가 된 이들이 머리가 깨지게 조아리고는 잘못을 인정했다. 그 후로 다시는 이런 일이 없었다.

그는 사람들이 신으로 믿었던 '하백의 강'인 황하를 사람의 강으로 만들었다. 이후 백성들을 동원하여 열두 곳에 하천 공사를 벌여 황하의 물을 백성의 논에 이어주었다. 노역이 번거롭고 힘들었지만, 서문표는 100년 뒤에 자신을 기억할 것이라는 확신을 가지고 공사를 추진했다. 마을 처녀의 목숨을 바치고 그 일로 부당하게 세금을 징수당하면서 풍년을 기원하던 백성들은, 스스로의 힘으로 하천을 파고 수리 시설을 정비해서 '신' 하백을 번거롭게 하지 않았다.

역사는 이렇게 뛰어난 한 사람에 의해 신의 시대에서 인간의 시대로 넘어갔다. 시대의 수레를 굴리는 바퀴와 같은 인물, 서문표는 사람들이 믿고 있던 하백의 존재를 부정했고, 그 과정에서 기지를 발휘하여 구시대 인물들을 제거했다. 미신을 돌멩이처럼 안고 강물 속으로 들어간 무당이나 마을의 원로들은 그 시대에서 사라졌다.

이 살벌한 골계는 웃음을 품고 있다. 엉겁결에 강으로 던져지는 무당의 모습을 상상해보라. 자연에 대한 무지를 악용해 막강한 권력을 쥐고 있던 무당이 힘없는 노파가 되어 강 속으로 사라졌다. 그 풍경을 생각하니 무섭지만 우습다. 그 웃음 속에는 무서운 칼이 숨어 있다. 그 웃음 뒤에 슬픔이, 고통이, 죽음이, 그리고 번뇌가 숨어 있다.

우리의 하회탈은 그런 웃음을 빚어낸 조각이다. 인간의 웃음은 일종의 가면일 수도 있다. 「골계 열전」은 우리에게 웃음의 탈을 선물하고 있다. 삶이 힘들고 지치면 우리 조상들은 탈을 쓰고 웃고 놀고 꾸짖고 욕하면서 살았다. 이 시대는 이런 탈이 필요하다.

21세기 구라 열전

우리가 살고 있는 세상에 「골계 열전」을 기록한다면 누가 좋을까. 시대가 변했으니 내용도 변한다. 하지만 그 근본은 변하지 않는다. 우리 현대사의 어려운 시절인 분단, 전쟁, 독재, 투쟁의 시간을 거쳐온 사람들, 온몸으로 그 지난한 세월을 견뎌낸 세 명의 유머 대가가 있다. 바로 '구라'로 통하는 우리 시대의 어른이다. 그들의 일대기는 '한국의 골계 열전'이 있다면 반드시 수록해야 마땅하다. 대신 그 제목을 '구라 열전'으로 바꾼다.

그들 중에서 소설가 황석영을 우리는 그가 없는 자리에서 감히 이렇게 부른다. 황구라! 구라는 거짓말이나 이야기를 속되게 이르는 말. 우리나라에는 황구라와 더불어 방구라와 백구라가 있다. 방구라는 방배추로 더 잘 알려진 방동규 선생이고, 백구라는 백기완 선생을 가리킨다. 이른바 조선의 3대 구라다. 이들은 구라라는 속된 표현을 긍정적인 의미의 말로 바꾸어놓았다.

이 세 사람은 그 이름만으로도 강력한 울림이 있는, 우리 시대의 정신이기도 하다. 어떤 사람은 이들을 조선의 3대 '라지오(라디오)'라고도 부른다. 라지오가 어떻게 생겨난 말인지는 잘 모르겠지만, 하여간 라디오보다는 라지오라고 해야 느낌이 잘 전달된다.

그렇다면 구라와 라지오는 무엇인가? 황석영 선생과 방동규 선생이 술자리에서 이런 대화를 나누었다. 다음은 필자가 정리한 글이다.

황: 저 형, 요즘에 우리들을 위협하는 신진 라지오들이 밀려오고 있습니다.

방: 그래. 야, 그런 일이 있어. 그게 누군데? 이름 한번 불어보라.

황: 유홍준, 도올, 그리고 이어령 교수지요.

방: 야야, 갸들이 무슨 라지오야. 인생이 없는데. 갸들은 그냥 '교육방송'이야. 뭐 3대 교육방송으로 하면 되갔구만.

황 선생이 언급한 우리 시대의 3대 지성을 단박에 3대 교육방송으로 규정해버리는 방구라의 순발력. 과연 구라는 구라다 싶다. 이들은 교육과 관련 있으므로 뭐 그리 틀린 것 같지는 않다.

이 구라를 곱씹어보면 라지오의 의미가 파악된다. 라지오에는 3대 조건이 있어야 한다. 뭘 좀 안다고, 입술을 나불거린다고 라지오가 되는 게 아니다. 콘텐츠가 꽉 찬 방송처럼, 일단은 남다른 인생이 있어야 한다. 인생이란 무엇인가? 백기완·방동규·황석영 3대 구라의 인생 정도는 되어야 한다는 이야기다. 두 번째가 지성이다. 뭘 알아야 된다. 세 번째가 남다른 경륜이다.

이들이 '구라의 조건'을 갖추게 된 것은 어떤 점에서는 그들이 살아온 시대가 각별했기 때문이다. 전쟁과 분단이 있고, 잔인한 슬픔이 있고, 가슴 찢어지는 이별과 회한이 사무쳐 있다. 방 선생이 설파한 인생이란 그런 인생이다.

우선 황구라를 보자. 황구라는 방북, 망명, 투옥 등으로 15년을 보냈다. 작가로서 가장 왕성하게 활동하고, 돈 벌고, 상 받고 해야 하는 시기에 그는 단 한 편의 소설도 쓰지 못했다. 그냥 살아남았다. 방북하기 전에 이미 그는 『장길산』과 「삼포 가는 길」 같은 작품으로 탄탄대로를 걷고 있었다. 황구라가 수감 생활을 하는 동안 '황석영은 이제 한물갔다'는 말도 유령처럼 떠돌았다. 15년간을 그렇게 보냈으니 그런 소문이 떠돌 만도 했다. 하지만 지금 황석영은 저력 있는 문단의 어른이면서 동시에 베스트셀러 작가다.

어느 해인가, 연말 모임에서 황석영 선생이 환갑을 맞아 우리에게 마지막 구라를 터뜨린 적이 있다. 일본 여인의 신음

소리와 요코하마 항구의 뱃고동 소리가 울려 퍼지는 남녀 운 우지정의 카세트테이프였다. "이제 당신도 환갑인데 그런 건 좀……" 곤란하다는 아내의 간곡한 부탁으로 그 음란 방송은 그날이 마지막이었다.

황구라의 저력을 잘 대변하는 구라가 있다. "사람은 ××, 누구든 오늘을 사는 거야!" 어떤 이는 황구라 최고의 구라가 바로 이 문장이라고 했다. 그는 어제의 고통으로 시간을 낭비하지 않는다. 어제의 슬픔으로 오늘 눈물 흘리지 않는다. 오로지 오늘을 산다. 오늘을 진정으로 살아간 사람은 정말 아름다워라.

민족혼을 자극한 구라

그럼 백구라는 어떤 구라인가? 백 선생의 구라는 장엄한 백두산 같은 포부, 도도히 흐르는 한강 물줄기 같은 깊이가 있다. 백 선생이 스물한 살 시절, 스무 살의 방 선생을 만났다. 이 상황은 조우석의 『배추가 돌아왔다』에 잘 정리되어 있는데, 인용하는 대신에 내가 술자리에서 어떤 이에게 전해들은 것을 그대로 적어보려고 한다. 당시 방구라는 '짱'이었고, 주먹으로 자신의 '나와바리(영역)'를 다스리던 시절이었다.

백: 자네 주먹 좀 쓴다고 하던데 몇 명이나 상대할 수 있
나?
방: 뭐, 그저 한 30명 정도는…….

그때 백 선생이 벌떡 일어나 방구라의 '귀싸대기'를 올려붙
였다. '주먹 제일' 방구라는 어이가 없었다. 피죽 한 그릇도 못
얻어먹은 듯이 파리한 지식인 청년 백기완은 그야말로 방구라
에게 한주먹감도 되지 못했기 때문이다. 이게 도대체 어찌된
일인가 싶어 방구라가 잠시 어리둥절하고 있자 백구라가 천천
히 앉으면서 말했다.

"사내로 태어났으면 3,000명이나 3만 명은 상대해야지 겨
우 30명이야. 에이, 너 다시는 내 앞에 나타나지마. 어서 썩
꺼져."

백 선생 역시 방 선생의 그릇을 짐작하고 그런 언행을 보였
을 것이다. 동네 양아치에게 그렇게 했다가는 시쳇말로 뼈도
못 추릴 수 있기 때문이다. 부처와 마하가섭의 염화미소, 선불
교에서 임제 선사가 스승인 황벽 선사에게 세 번이나 귀싸대기
를 맞고서야 깨달은 '거시기'와 같은 구라였다. 상황은 다르지
만 시황제에게 깨달음을 준 우전의 모습이 보이기도 한다. 강
한 자를 상대하는 방법은 이렇게 유머를 통하는 것도 괜찮다.

한 시절 당대의 민족 방송, 민중의 라지오였던 백기완 선생은 그 장대한 구라로 일세를 풍미했다. 백기완 선생이 우전이나 불가의 황벽 선사 흉내를 낸 것인지는 알 수 없는 일이지만, 대장부끼리의 이러한 구라는 이제는 전설 따라 삼천리가 되어버렸다.

"석영아 들어라. 저 드넓은 만주 벌판의 우리 여인네들이 한번 월경을 하면, 그 설원이 모두 장엄하게 핏빛으로 물들었도다."

한마디로 백기완 선생의 구라는 민족적이었고, 지금은 사라진 수컷들, 대장부의 기개가 넘치는 민중의 방송이었다. 우리 어린것들은 백기완 선생의 그런 구라를 들으며 다 꺼져가는 의협심의 불씨를 다시 지피곤 했다.

백기완 선생의 전설적인 구라는 히딩크라는 '네덜란드의 라지오'를 감복시켰다. '나는 아직도 배가 고프다'라는 절묘한 구라로 우리 국민의 축구 한을 풀어준 히딩크는 백기완 선생을 자신이 제일 존경하는 한국인으로 손꼽았다. 선수는 선수를 알아보는 법이다. 2002년 월드컵 국가대표팀의 정신 교육 강연이 있었다. 그 자리에서 그는 조선 범의 기상을 선수들에게 불어넣었다. 세계적으로 보기 드물게 강인한 조선 범처럼 뛰어라. 그 강연 덕분이었는지 모르지만, 그때 우리 선수들은 조선 범의 기상으로 뛰고 차고 날았다. 그 여세를 몰아 히딩크는 월드컵 4강 신화를 이룩했다.

말은 글이 아니다. 글은 말이 아니다. 글은 눈으로 읽어서 느낀다. 하지만 말은 귀와 온몸으로 스며들어 심장을 터뜨린다. 그래서 '근사한 구라'는 예술이다. 근사한 구라에는 감동과 몸 울림이 있다. 그 감동을 생방송으로 아주 조금이라도 들은 나는 행복한 사람이다.

살다가 이런 일 저런 일에 시달려 죽고 싶다면, 한번 일단 웃어보자. 미친 척하고 웃는 거다. 웃음은 나의 마음자리에 촛불을 켠다. 주위가 환해지고 따뜻하다. 미소를 지어라, 마음에 눈이 내리고 사랑하는 이가 저 멀리서 당신을 찾아 먼 길을 걸어올 것이다.

사마천은 「골계 열전」의 인물들에 대해 쓰면서 그들의 신분이 비천하다고 낮춰 보지 않았다. 그들의 유머에는 촌철살인의 칼이 숨어 있는데, 그것이 자신보다 강한 자, 높은 자를 움직인다. 결국 세상을 움직이는 것이다. 작고 미미한 것이 크게 세상을 바꾸는 이치를 보여준다. 사마천은 이 세상을 움직이는 수레의 한 바퀴로서 유머의 가치를 발견하고 전해주었다.

법과 원칙을 지키는 삶

「순리 열전」

정직한 관리들이 다스리는 마을에서는 사람들이 편하게 산다. 하지만 현실은 그렇지 못하고, 옛 시절에도 역시 그러했다. 탐관오리의 학정을 견디지 못한 백성들은 참고 참다가 혁명을 꿈꾼다. 세상의 혁명이나 폭동 중 상당 부분은 관리들 때문에 일어난다. 우리의 근현대사도 예외는 아니다. 심지어 제 잇속을 챙기려고 나라까지 팔아먹은 관리가 있지 않았는가.

사마천의 「순리 열전」이 각별한 것은 정치인과 관리들이 우리 곁에서 입법, 사법, 행정의 일을 정직하게 처리해주기를 바라는 마음 때문이다. 순리를 청관淸官이라고도 부른다. '맑을 청'을 쓰니 일을 맑고 투명하게 처리하는 관리를 뜻한다.

청관은 검소하고, 단순하게 살았다. 남달리 책임감이 강하고 사사로움 없이 일했다. 속이 빈 대나무가 곧고 높이 올라간다. 이들은 우리 조선의 선비들이 사랑한 사군자의 대나무들이다. 대나무를 잘라 피리를 불어 울려나오는 청아한 소리가 음악가들에게는 예술이 되지만, 청관과 올바른 정치인은 마음의 대나무를 잘라 회초리를 만들어 욕심으로 살이 오른 자신의 종아리를 친다. 청관은, 큰스님이 졸고 있는 제자의 어깨에 내려치는 죽비 같은 존재이기도 하다. 사마천이 기록한 죽비 소리가 바로 「순리 열전」이다.

다섯 청관 이야기

나는 사마천이 담담하게 기록한 고대 중국 주나라 시대 순리들의 이름을 따로 노트에 적어두었다. 아름다운 사람들의 이름은 그냥 적어놓기만 해도 시가 된다. 윤동주가 별 헤는 밤에 새겨놓았던 이름들, 초등학교 때 책상을 같이 썼던 아이들의 이름, 패, 경, 옥 같은 이국 소녀들의 이름, 벌써 아기 어머니가 된 계집애들의 이름, 가난한 이웃 사람들의 이름, 프랑시스 잠, 라이너 마리아 릴케 같은 시인들의 이름. 시란 이런 각성의 한순간이다.

　　손숙오, 자산, 공의휴, 석사, 이리. 우리 시대의 정치인이 마음에 새겨야 할 이름들이다. 이들은 국가의 절대 권력으로서 왕을 모시고 백성을 보살핀 관리들이었다. 관리가 백성을 보살피는 것이 어쩌면 너무도 당연한 일 같다고 하겠지만 실상은 그렇지 못할 때가 더 많다. 경제개발 논리로 독재가 정당화되었던 우리의 경험은 남의 일이 아니다. 그것은 우리의 온몸을 통과한 세월이었다. 잘살아 보자고 노래하면서 공권력을 동원해 백성의 삶을 억누르는 경우가 비일비재하지 않았던가.

그래서 일찍이 공자는 힘없는 백성에게 정치가 얼마나 무서운 일인지 아는 사람이었다. 올바르지 못한 정치란 굶주린 호랑이보다도 더 무서운 것이라고 이야기했다.

『예기禮記』에 이러한 일화가 나온다.

공자가 태산 곁을 지나는데 어떤 부인이 무덤 앞에서 슬피 울고 있었다. 공자는 수레의 횡목을 잡고 머리 숙여 조의를 표한 다음 연유를 물었다.

"부인이 곡하시는 모양이 분명 큰 슬픔이 겹친 듯합니다."

부인이 말했다.

"그렇습니다. 옛날 제 시아버님께서 범에게 물려 돌아가셨습니다. 또 제 남편도 범에게 물려 세상을 떠났습니다. 그런데 이제 제 아들마저 범에게 물려 죽었습니다."

공자가 말했다.

"어째서 다른 곳으로 가지 않으십니까?"

부인이 대답했다.

"여기는 가혹한 정치가 없기 때문입니다."

공자가 돌아보며 말했다.

"제자들아, 명심해라. 가혹한 정치는 범보다 더 사납다!"

관리들이 탐관오리가 되면 부정부패가 만연하고 백성의 살림살이가 빈곤해진다. 굶주린 선량한 백성들이 도둑이 되어 사방에 돌아다닌다. 밖에 나가 일을 할 때도 집안 걱정을 하게 된다. 이러한 나라에 법질서가 제대로 설 수 없다.

여인은 그 고을의 정치가 가혹하지 않아서 떠나지 않았다. 범이야 산에서 돌아다니는 놈이니 덫이나 함정을 놓아 잡을 수 있지만, 가혹한 관리들은 '날개 달린 범'처럼 잡을 수가 없다.

백성이 스스로 알아서 하게 하라

사마천은 우선 법령을 잘 지켜 나라를 편안하게 한 손숙오 이야기를 꺼낸다. 법령과 형벌이 올바르게 집행되지 않을 때 백성이 억압당한다. 관리가 법령을 잘 지키기 위해서는 법체계가 견고하고 투명해야 한다. 그래서 입법부의 역할이 중요하다. 만약 손숙오 시대의 법체계가 어둡고 무서웠다면 그 같은 재상이 등장하기는 힘들었을 것이다. 거기 있는 걸 그대로 두는 것도 권력을 가진 자에게는 어려운 때가 있는 모양이다.

손숙오가 초나라 재상으로 재임하는 동안 관리와 백성들이 서로 화합하고 풍속이 아름다워졌으며, 정치는 느슨하게 했지만 금지할 일이 없었다. '하지 말라'고 하는 것은 울타리를 치는 것이고, 그 울타리 안에서 백성은 답답하다. 살기 힘든 나라일수록 금지법이 많은데 손숙오는 그런 나라를 만들지 않았다.

백성들에게 가을과 겨울에 산에서 사냥을 하고 나무를 베도록 했고, 봄 여름에는 물고기를 잡도록 했다. 이런저런 이유를 대면서 사냥하는 데 세금을 매기고 물고기를 잡는 데 리베이트를 받는다면 어떤 세상이 될까. 금지하지 않을 것을 금지하지 않으니 백성들은 저마다 편익을 얻게 되었고, 생활은 안정되고 즐거웠다.

이렇게 경제가 안정되자 초나라 장왕은 화폐를 크고 무겁게 만드는 법령을 반포했다. 그러자 백성들은 그것을 불편하게 여기게 되었고 경제가 혼란스러워졌다. 이 소식을 들은 손숙오가 왕에게 이전에 화폐를 바꾼 것은 사람들이 화폐가 가볍다고 해서인데, 지금은 사람들이 불편함이 없는데도 화폐를 바꾸어서 백성들이 혼란스러워하고 상거래가 불편하게 되었다고 지적한다. 재상을 신임하는 왕이 그 뜻을 인정하자 다시 시장은 자연스럽게 움직였다.

이후에 또 왕이 수레의 높이를 높이는 법령을 내리자 손숙오는 먹고살기에 바쁜 백성들에게 법령을 자주 바꾸어 내리면 백성들이 혼란스러워한다, 수레를 높이고 싶다면 마을의 문지방을 높이면 된다, 수레를 타고 다니는 군자는 거의 수레에서 내리지 않기 때문에 문지방을 높이면 수레가 다니기 불편해서 수레가 높아진다, 백성들이 불편해하지 않고 자연스럽게 일이 된다고 간언한다.

문지방을 높여 수레의 높이를 더 높이는 것은 시간이 걸린다. 이런저런 이유로 문지방을 높인 뒤 반년이 지나자 백성들 스스로 수레의 높이를 높였다. 높은 문지방에 낮은 수레가 불편했기 때문이다. 꼭 지켜야 하는 법령보다는 백성이 스스로 알아서 하게 하는 것, 이것이 손숙오가 통치하는 방법이었다. 이것은 내가 싫은 것을 남에게 하지 않게 하는 마음, 즉 타인을 사랑하는 마음에서 나온다.

손숙오는 백성들이 스스로 움직이도록 했다. 때가 될 때까지 기다리고 그 법령이 필요한 이유를 백성들이 스스로 알게 한다. 특별히 가르치지 않아도 스스로 알아 움직이게 하니 불평불만이 쌓일 틈이 없다. 사마천은 손숙오의 행적을 사실만 간단하게 적었다. 재상으로 재임하면서 매우 단순하게 일을 했기 때문일 것이다. 하지만 이 단순함이 바로 위대한 정치다.

손숙오는 재상을 세 번이나 역임했는데 별로 기뻐하지 않았다고 한다. 또한 세 번 퇴임했는데 후회하지 않았다고 한다. 자신의 허물이 없기 때문이다. 하늘을 우러러 한 점 부끄럼이 없다는 것은 그의 행적을 두고 하는 말이다.

맹자의 앙불괴어천仰不愧於天은 군자의 세 가지 즐거움 중에 가운데 토막이다. 우선은 부모가 모두 생존해 계시고 형제가 무고한 것이 즐거운 것이고, 두 번째는 우러러 보아서 하늘에 부끄럽지 않은 것이다. 앙불괴어천이다. 세 번째가 세상의 영재를 얻어 교육하는 것이라고 했다. 손숙오는 맹자의 이 세 가지 즐거움을 잘 아는 관리일 것이라고 짐작된다.

이어 사마천은 정나라 재상 자산을 이야기한다. 자산이 재상으로 자리에 앉을 때에는 전임자가 나라의 정치를 어지럽게 한 후였다. 그러나 그가 재상으로 일하자 세상이 바뀐다. 1년이 지나 소인배들의 경박한 놀이가 없어졌고, 반백의 늙은이들이 무거운 짐을 나르지 않았다. 어린아이들은 밭을 갈지 않았다. 2년이 지나자 시장에서 물건 값을 에누리하지 않았고, 3년이 지나자 밤에 문을 잠그는 일이 없어졌다. 길에서 떨어진 물건을 줍는 사람도 없었다. 4년이 지나자 밭갈이하는 농기구를 챙겨서 집으로 돌아가지 않아도 되었고, 5년이 지나자 척적(사방 한 자의 널빤지로 군령을 기록함)이 쓸모없게 되었고, 명령을 내리지 않아도 상복을 입는 기간이 잘 지켜졌다.

이렇게 단순한 문장으로 설명할 수 있는 세상이 바로 저 요순시대가 아니겠는가. 자산이 각별한 것은 이러한 세상을 만들기 위해 요술이나 마법을 부린 것이 아니라, 국가권력 기관의 우두머리로 근무하면서 왕을 잘 모시고 아래로 백성을 대할 때 청관의 마음가짐으로 올바르게 다스렸기 때문이다.

자산은 26년간 공직에 몸담았다가 세상을 떠난다. 대장부로 태어나 할 일을 다하고 여한 없이 삶을 마감한다. 명재상인 자산이 세상을 떠나자 백성들은 어린아이처럼 울면서 "자산이 우리를 버리고 죽다니 백성들은 누구를 믿고 산단 말인가"라고 그의 죽음을 애도했다고 한다.

이권을 멀리하라

권력이 돈과 연결되어 온갖 추문이 난무하는 나라가 고대 중국에도 여럿 있었다. 이러한 역사를 기록하면서 사마천은 어떤 생각을 했을까. 있는 그대로의 사실을 기록하면서 그 사실들을 바라보는 사마천의 눈동자에는 진실이라는 달이 떠오른다. 사마천의 진실의 눈에는 비 온 뒤의 무지개와 같은 사람들, 권력과 돈의 관계에서 완전히 투명한 정치인이 보인다. 「순리 열전」에서 세 번째로 등장하는 노나라 재상 공의휴가 바로 그다.

공의휴는 재상이 된 후 관리들이 백성과 이익을 다투지 않도록 했다. 많은 월급을 받는 고위 관리들은 머리띠 하나라도 선물 받지 못하도록 했다. 선물과 뇌물의 선이 어디인지를 놓고 따지는 것이 아니라, 생선 한 마리도 공직에 있는 동안에는 받지 말도록 한 것이다. 그것이 비록 진심 어린 선물이라 할지라도 받는 순간에 뇌물이 되어버리는 권력의 속성을 잘 알았기 때문이다. 주는 게 있으면 받는 게 있는 법이다. 공짜란 독약을 탄 커피다.

어느 날, 공의휴가 생선을 좋아한다는 이야기를 듣고 평소에 그를 존경하던 사람이 생선을 보내왔다. 하지만 공의휴는 생선을 받지 않았다. 생선을 좋아하지만 자기 돈으로 사 먹겠다고 했다. 그러면서 이렇게 말했다.

"그런데 지금 생선을 받고 벼슬에서 쫓겨난다면 누가 다시 나에게 생선을 보내주겠소. 그래서 받지 않은 것이오."

공직에 있지 않았다면 그도 이 정도의 선물은 받았을 것이다. 하지만 공직자인 그는 원칙을 세워놓았다. 자신의 권력이 행여 백성에게 피해가 될 것을 염려해서다. 그가 원했다면 장사에 필요한 이권을 상인에게 주고 날마다 제일 좋은 생선을 상납받을 수도 있었을 것이다. 단 한 마리의 생선도 그냥 받지 않고 월급으로 사 먹는 그의 모습이 바로 청관의 모습이다.

더불어 그는 자신의 집 채소밭에서 난 채소가 맛이 좋으면 모조리 뽑아버렸다. 자기 집에서 짜는 베가 좋은 품질이면 불살라버렸다. 그는 자신이 앉은 권력의 자리에서 생기는 온갖 이권을 눈에 보이는 대로 없애버렸다. 그 이권은 잡초와 같은 것이기 때문이다. 논에 생긴 잡초를 뽑아야 농사가 잘된다. 그에게 나라는 논이고, 그는 농부인 것이다. 농부가 소에게서 뇌물을 받는 걸 본 적 있는가. 좋은 농부는 그저 때가 되면 소에게 여물 주고, 논물 잘 대주고, 비료 주고, 적당한 때에 추수해서 좋은 가격으로 파는 사람들이다. 그런 세상 사람들이 배부르다. 농부가 편해야 곡식이 잘 익는다.

나를 버리고 나를 얻다

순리, 청백리의 가장 기본적인 덕목은 수신修身이다. 수신에서 모든 것이 나온다. 「순리 열전」에 나오는 관리들은 수신을 한 사람들이다. 순리는 『대학』의 8조목에 나오는 수신제가치국평천하修身齊家治國平天下의 덕목을 철칙처럼 지켰다. 수신은 마음과 행실을 바르게 하도록 심신을 닦는 것이고, 제가는 집안을 잘 다스려 바로잡음을 말한다. 치국은 나라를 잘 다스리는 것이고, 평천하는 온 천하를 편안케 하는 것이다.

'수신제가치국평천하'에 세상을 잘 다스리는 순리의 모든 것이 담겨 있다. 모든 일에는 순서가 있고 그 순서를 지켜야 갈 길이 제대로 보인다. 대가리는 대가리이고, 꼬리는 꼬리다. 이 순서를 못 지키면 패가망신하기 쉽다. 왜냐하면 세상사는 모든 것과 연결되어 있기 때문이다. 수신은 선비 정신의 맨 처음에 있다.

고대에는 정치가 잘못되면 나라가 어지러워져 윗사람과 아랫사람이 친하지 못하고 아버지와 아들이 화합하지 못한다고 했다. 수신과 치국이 다른 게 아니었다는 말이다. 엄정한 법질서를 유지하기 위해 청렴결백하고 강직하게 행동해도 인간으로서 도저히 어쩔 수 없는 일이 있게 마련이다. 이런 경우 순리들은 어떻게 행동했을까?

사마천은 초나라 소왕의 재상이었던 석사의 예를 들었다. 석사는 건실하고 정직하며 청렴해서 아첨하거나 권세를 두려워하는 일이 없었다. 석사가 현을 순시하는 도중 살인 사건을 접했다. 범인을 잡고 보니 바로 자신의 아버지였다. 석사는 아버지를 놓아주고 자진해서 옥에 갇혔다.

왕을 만난 자리에서 아버지를 처형하여 정치를 바로 세우는 일은 불효이고, 법을 무시하는 것은 불충이니 자신이 죽어야 한다고 고했다. 이것이 과연 올바른 결정일까. 아까운 목숨을 버리는 일이 간단치는 않다. 왕도 그러한 생각을 했다. 왕은 범인을 못 잡은 것으로 하고 그냥 하던 일을 계속 하라고 했다. 아까운 신하를 잃고 싶지 않았기 때문이다. 하지만 석사는 효를 택하지도 충을 택하지도 못하는 자신이 갈 길은 벌을 받아 죽는 신하의 길이라고 말한 뒤, 임금의 은혜를 뿌리치고 스스로 목숨을 끊었다. 이것은 올바른 결정이었다. 그가 어떤 명분이든 간에 자신을 살리려는 왕명을 받았다면 국가 최고 통치자인 왕이 법질서를 어지럽힌 것이기 때문이다. 남자의 목숨은 이럴 때 버릴 수 있다.

고대 사회에서는 부자 관계가 법보다 중요했다. 효는 유가 사상의 핵심이기도 하다. 결국 석사는 순리로서 강직하게 행동하다 어려운 지경에 처하게 된다. 아버지가 살인자임에도 법을 무시하자니 불충이 되고, 법을 지켜 관리로서 행동을 하자니 불효가 되는 상황. 이때 순리는 목숨을 버림으로써 신념을 지킨다. 석사의 죽음을 통해 초나라 왕은 명성을 얻게 되었다.

고대 사회에서는 순리들의 부끄러워하는 마음이 그 시절을 평화롭게 했다. 부끄러움을 모른 채 나라를 위해 일을 하겠다고 큰소리 뻥뻥 치지 않았다. 개인의 보신과 명성, 권력을 위해 부끄러움도 모른 채 세상을 농단하려 드는 우리 시대의 정치가들을 보면서 사마천의 가르침이야말로 이 시대에 더 필요한 것이 아닌가 생각하게 된다.

「순리 열전」의 다섯 번째 인물은 진나라 문공의 옥관인 이리다. 죄인을 판결하는 직책인 옥관은 그 엄정성이 칼날 같아야 했지만, 이리는 하급 관리의 잘못된 판단을 믿고 판결을 내려 죄 없는 사람을 사형시키고 말았다. 사형 집행 후에야 그 사실을 안 이리는 스스로 옥에 들어가 처형을 기다렸다.

이리의 인물됨을 알고 있는 문공은 하급 관리의 잘못이니 그대의 죄가 아니라면서 이리를 달랬다. 문공의 얼굴을 올려다보면서 이리는 말한다. 자신은 조직의 장으로서 하급 관리에 비해 많은 월급을 받았고 그것을 하급 관리에게 나누어준 적도 없기에 하급 관리의 잘못이 바로 자신의 잘못이라고.

그러자 문공은 "그럼 그대의 상관인 나에게도 잘못이 있는 것이냐"라고 물었다. 고집불통의 이리에게 강한 충격요법을 쓴 것이다. 감히 군왕에게 죄를 묻지는 못할 것이기에 그쯤에서 물러날 것을 문공은 간절히 바랐다. 그러나 이리는 옥관이 지켜야 할 법이 있는 것이고, 형벌을 잘못 집행했으면 그 법에 따라 자신이 죽어야 한다면서 그 자리에서 칼에 엎드려 죽었다.

　이처럼 순리들은 혼란한 시국에 법과 원칙을 지키고 그 한 계점에 이르면 과감하게 목숨을 버려 후세에 귀감이 되었다. 이러한 인간들이 살았던 시절의 공기는 맑고 투명했을 것이다. 이들은 나를 버려서 나를 얻었다. 그 이름이 아직까지 우리에게 전해진다. 그들의 이름은 지금 이 순간에도 살아있는 사람들의 가슴에 있다.

조선을 지탱한 청백리

「순리 열전」의 인물들은 조선 시대에 청백리의 모습으로 재현된다. 조선 시대의 청백리는 대신·대간 등에서 추천을 받아 임금이 공식적으로 인정한 청렴한 관리로 의정부에서 선발했다. 청백리는 염근리廉謹吏라고도 하며, 고려 시대에는 염리廉吏로 불렸다.

　우리의 옛 문헌 중에는 청백리와 연관된 기록을 많이 찾아볼 수 있다. 『고려사』에 유석, 왕해, 김육석 등이 청백리로 기록되었으며, 조선 시대에는 『전고대방典故大方』에 219명, 『청선고淸選考』에 186명이 기록되었다. 명종 대에 와서는 살아 있는 자를 염근리라는 명칭을 붙여 선발했고, 특별한 과오가 없는 한 사후에 청백리로 뽑았다. 그밖에 『대동장고大東掌攷』, 『조선조청백리지朝鮮朝淸白吏誌』 등에도 청백리에 관한 자료가 남아 있다.

청백리는 우선 관리로서 뛰어난 능력을 가진 자들 중에서 자신은 물론 가솔까지도 깨끗한 생활을 하는 인물이다. 청렴한 정신이 으뜸인 청백리 사상은 바로 선비 사상의 핵심이면서 이상적인 관료의 마음가짐이기도 했다. 청백리는 일신의 안녕을 꾀하지 않고 엄격하게 자신을 다스린 남자들이다. 이들이 조선 500년의 기둥이 되었다.

조선의 대표적인 청백리로 정승 황희를 언급하지 않을 수 없다. 황희는 조선 태조 이성계 시대부터 고위 관직을 역임한 뒤 세종 시대에 영의정에 올랐다. 그는 영의정으로 지내면서 단벌의 관복을 입고 조정에 들었다.

어느 겨울밤 관복을 빨아 말리고 있는데 급히 입궐하라는 세종의 명이 전달됐다. 당황한 황희는 부인이 바지 솜과 저고리 솜을 실로 얼기설기 엮어준 여름 관복을 입고 입궐했다. 세종은 황희의 관복에 솜이 삐져나온 것을 보고 황희는 청렴한 관리인데 무슨 돈으로 양털로 된 관복을 입나 싶어 물었다. 황희는 당황해서 왕에게 양털이 아니라 솜바지에 넣은 솜이라고 자초지종을 밝혔다.

황희의 모습을 자세히 살펴본 세종은 영의정의 품위 유지도 중요하다고 생각하고 비단 열 필을 당장 내리라고 명했다. 황희는 어명을 거두어줄 것을 간곡히 부탁했다. 백성들은 계속된 흉년으로 인해 헐벗고 굶주리는데, 국정 책임자인 영의정이 비단옷을 걸친다는 것은 말이 되지 않는다는 논리였다. 결국 황희는 세종이 내린 비단을 받지 않았다.

황희 정승의 청렴함은 다음 일화에서도 잘 드러난다. 벼슬에서 물러난 후, 황희는 말년을 파주의 반구정에서 시를 짓고 독서를 하면서 보내고 있었다. 그때 아들 황치신黃致身이 정승의 자리에 올라 아버지께 인사를 올리고자 선물을 들고 아버지를 찾았다.

아들은 자신의 녹봉으로 선물을 마련했으나 황희는 자초지종도 묻지 않고 "네놈이 벌써 재물을 아느냐"면서 그 자리에서 정승 아들을 혼냈다. 그리고 임금께 상소하여 정승 자격이 없는 아들을 파직시킬 것을 주장했다.

불의와 타협하지 않고, 이권을 탐하지 않으며, 백성의 편에서 행동하는 관리는 재물로부터 멀리 있어야 한다. 당나귀가 수레를 끄는 데 너무 무거운 짐이 있으면 앞으로 나아갈 수가 없다. 당나귀는 관리이고 수레의 짐은 권력, 명예, 재물, 여색 등이다. 이것을 버려야 백성들을 태우고 갈 길을 간다. 황희 정승은 이러한 마음을 몸으로 실천했다. 조선 왕조가 500년을 이어갈 수 있었던 것은 이런 선비들 때문이었다.

청백리를 그리는 마음

언제였던가. 장마가 져서 서울 시내 하수구가 범람한 적이 있었다. 하수구 범람은 흔한 일이었지만, 그해에는 수해 피해가 커서 서울시의 상하수도 관리가 문제라고 한마디씩 했다. 허름한 종로의 한 선술집에서 우리는 얼굴도 모르는 '책임자'들의 안이함을 성토했는데 조용히 이 이야기를 듣고 있던 한 선배가 이웃나라 일본 이야기를 했다.

일본에 하수도 관리 책임자가 있었다. 그는 매우 강직한 관리자였다. 어느 날, 갑작스러운 폭우로 도쿄의 하수도가 조금 넘쳤는데, 그 사실을 안 관리가 할복자살을 해버렸다. 자신의 일에 최선을 다하지 못한 죗값을 스스로 치른 것이다. 천재지변이니 뭐니 하면서 핑계조차 대지 않았다.

"적어도 관리로서 자기 일에 대한 책임감이 그 정도는 돼야지."

선배는 이런 말을 하면서 소주잔을 비웠다. 그 빈 잔에 술을 다시 채우는 모습을 보았다. 비감했다. 갑작스러운 폭우로 하수도가 넘쳤다고 자살까지 하는 그 관리의 이야기는 극단적이지만 감동적이다.

왕과 선비들이 통치하던 시절이 지나가고, 이제 민주주의 국가에서는 국민의 뜻에 따라 정권이 탄생한다. 현대 정치사에서 순리를 찾으라면 누구를 꼽아야 할까. 고위 공직자들의 인사청문회가 열릴 때마다 온갖 추문이 들려온다. 불법적인 재산 취득, 군대 면제, 논문 표절 등의 문제에서 자유로운 인물이 거의 없을 정도다. 청문회 과정에서 명백한 증거를 들이대도 온갖 궤변으로 순간의 위기를 모면하기 위해 안간힘을 쓴다. 그러면서 '일은 잘할 수 있다'며 자리에 연연한다. 그들에게 고대 중국의 순리들, 고려의 염리, 그리고 조선 청백리들의 마음을 나누어주고 싶다. 그중에서도 부끄러워하는 마음 한 조각을 던져주고 싶다.

이런 공직자와 달리 조용히 제 할 일을 강직하게 수행하는 순리를 뜻밖에도 우리 생활 주변에서 찾게 된다. 서울시 하정청백리상을 받은 영등포소방서 김준재 소방장이 그런 인물이다. 그는 시설 지도, 건축 허가와 같은 담당 업무의 특성상 금품 수수 등 비리 유혹을 받았지만 모두 거절하고 자신의 길을 걸어갔다. 청렴하고 반듯하게 일하는 순리들은 큰소리 내지 않고 자신의 일을 묵묵히 수행한다. 이들 덕분에 우리는 복잡하고 위험한 일상을 편안하고 안전하게 영위할 수 있다. 이들이야말로 우리 생활의 소화기이자 내 몸에 흐르는 동맥과 정맥이다. 이런 분들이 우리 사회에는 아직도 건재하다.

법안 처리 문제를 놓고 난리법석을 떠는 저 후안무치의 무리들, 심지어 격투기 선수처럼 주먹을 날리며 강한 체력을 자랑하는 정치인들을 텔레비전으로 보며 『사기 열전』을 덮는 마음이 무겁다. 맑고 깨끗하고 강직한 순리들의 영혼을 언제 만날 수 있을까.

사마천은 좋은 관리의 조건으로 법령을 잘 지켜서 나라를 편안하게 하고, 업무에 임할 때 이권을 멀리하고 사사로운 정을 버리며 원칙을 지키는 관리들의 모습을 보여주었다. 정리해 보니 매우 간단하고 단순하다. 관리로 살고 싶다면 이런 마음가짐을 가져야 한다. 세기가 지나도 변하지 않는 뿌리와 같은 마음이다. 이 뿌리가 깊어야 국가라는 나무가 바로 서고, 백성이라는 열매가 무성하다.

세상에
맞선
남자들

시대를 거스른 남자

「백이 열전」

『사기 열전』에 나오는 첫 인물인 백이伯夷와 그의 막내 동생 숙제叔齊는 공자보다 더 오래전 시기의 사람이다. 생활 방식과 음식 문화는 물론 그들의 사람됨과, 지조와 신념으로 대변되는 정치적인 견해 모두 신화의 붓질이 덧칠된 구석이 있다.

연구자들은 백이와 숙제의 고사가 역사적 사실인지조차 의문스럽다고 한다. 만리장성 밖 요서 지방에서 고죽孤竹과 기후箕侯 등의 문자가 새겨진 동으로 만든 그릇이 출토돼 화제가 된 적이 있지만, 그것이 백이의 실재를 증명하는지는 확실하지 않다.

백이와 숙제는 정치적인 업적이 있는 것도 아니고, 그렇다고 천재적인 학자나 예술가도 아니었다. 작은 나라 고죽국의 왕자로 태어나 아버지의 뒤를 이어 왕이 되는 길을 포기하고 나라를 떠난 사람들이다. 이들을 통해서 사마천은 무엇을 말하고 싶었을까. 백이와 숙제는 궁형을 당한 사마천의 처지와, 어떤 상황에서도 굴하지 않는 정신적 스승으로서의 존재감을 드러낸다.

이름을 위해 죽다

백이와 숙제는 고죽국 군주의 두 아들인데, 그들의 아버지는 아우인 숙제에게 뒤를 잇게 할 작정이었다. 그러나 아버지가 죽자 숙제는 왕위를 형 백이에게 양보하려고 했고, 백이도 아버지의 명령이라면서 나라 밖으로 달아나버렸다.

백이와 숙제는 주나라의 서백장(문왕)이 늙은이를 잘 모신다는 소문을 듣고 그를 찾아가서 몸을 맡기려 했다. 그런데 그들이 주나라에 이르렀을 때, 서백장은 이미 죽고 없었다.

그의 아들 무왕은 선왕의 시호를 문왕이라 일컬으며 나무로 만든 아버지의 위패를 수레에 싣고 동쪽으로 가서 은나라 주왕을 치려고 했다. 백이와 숙제가 무왕의 말고삐를 붙잡고 아버지가 돌아가셨는데 장례도 치르지 않고 전쟁을 하려는 것이 어찌 효이며 신하가 군주를 죽이는 것은 인이라고 할 수 없다고 간언했다.

그러자 무왕 곁에 있던 신하들이 그들의 목을 베려고 했다. 이때 태공이 그들의 의로움을 보고 그들을 보호하여 돌려보냈다. 그 뒤 무왕이 은나라의 어지러움을 평정하니, 천하 제후들은 주나라를 주종으로 삼았다. 그러나 백이와 숙제만은 주나라 백성이 되는 것을 부끄럽게 여기고 지조를 지켜 주나라 곡식을 먹지 않고 수양산으로 들어가 고사리를 뜯어 먹으며 굶어 죽을 지경에 이르러 노래를 지었다. 바로「채미가」라는 시다.

저 서산에 올라

고사리를 뜯네

폭력으로 폭력을 바꾸었건만

그 잘못을 모르는구나

신농神農, 우虞, 하夏나라 시대는 홀연히 지나갔으니

우리는 앞으로 어디로 돌아가야 하나?

아아! 이제는 죽음뿐

우리 운명도 다했구나!

—사마천, 김원중 옮김, 『사기 열전 1』(민음사, 2007)

수양산에서 굶어 죽은 백이와 숙제에 대해 사마천은 그들이 죽을 지경에 이르러 지었다는 시를 인용함으로써 공자와 다른 의견을 제시한다. 백이와 숙제가 인을 이룬 사람들로서 세상에 원망이 없었을 것이라고 한 공자의 말에 의문을 제기한 것이다. 이런 시를 지었는데 과연 그들에게 원망이 없었을까.

백이와 숙제가 세상에 알려지게 된 건 공자 덕분이다. 공자는 『논어』에서 백이와 숙제에 대해 여러 차례 언급한다. 제자 자공이 "백이와 숙제는 어떤 사람입니까?" 하고 물었을 때 공자가 이렇게 대답했다. "공동체의 통합을 추구〔仁〕해서 공동체의 통합〔仁〕을 얻었는데 무엇 때문에 원망을 했겠는가?" 이는 신정근의 『공자씨의 유쾌한 논어』에 나오는 번역문이다.

『논어』의 다른 번역서들은 같은 문장을 대개 "인이란 구하는 대로 얻는 것인데 또한 무엇을 원망했겠는가"라는 식으로 옮겼다. 인을 인간의 자유로 해석한 것이다.

백이와 숙제에 대해 공자가 이야기한 것 중에 가장 눈에 띄는 대목은 공자의 중심 사상인 '인을 추구해서 인을 얻었다'고 한 부분이다. 공자가 인을 얻었다고 한 것은 군자이자 성인의 반열에 오른 것을 의미한다. 나아가 인을 공동체의 통합으로 번역하건 자유로 번역을 하건, 공자는 백이와 숙제가 아무런 원망이 없었다고 강조한다.

하지만 사마천은 과연 그런 것이냐, 하고 의문을 제기한다.

하늘을 원망하는 내용의 「채미가」를 제시하면서 독자에게 묻는다. 이 노래로 미루어볼 때 백이와 숙제가 원망한 것인가, 원망하지 않은 것인가?

자신의 소신이 받아들여지지 않는 세상을 떠나 굶어 죽을 지경이 되었다면, 그것이 아무리 스스로 선택한 길일지라도 호랑이를 타고 산중을 돌아다니는 산신이 되어 세상을 떠난 것과는 다르다. 그들은 죽는 순간까지 만물이 조화롭게 움직이던 전설 속의 신농 시절을 그리워했다. 이 땅의 사람으로서 운명을 받아들이고, 그 운명의 길을 걸어간 것이다.

그들은 세상을 버렸지만, 그것은 더 좋은 세상이 없음에 대한 한탄이기도 하다. 즉 내 힘으로는 어쩔 수 없으니 선비의 절개와 지조를 지키고, 부끄럽게 사는 것보다 굶어 죽기를 택한 것이다. 부끄러움을 모른다면 인간이라고 할 수 있을까? 인간은 부끄러움이 있기에 옷을 입고, 예의를 갖추고, 때로 거짓말도 하고, 정직하게 행동한다. 부끄러움이야말로 인간의 조건인 것이다.

더불어 사마천은 하늘의 이치는 착한 사람들과 함께한다고 하지만, 백이와 숙제같이 어진 사람도 결국 굶어 죽었다고 한탄한다. 우리는 사마천의 한탄이 바로 자기 자신의 처지를 빗댄 것임을 알 수 있다. 그 자신이 선비로서 절개 있게 행동했건만(사마천은 이릉 사건에서 소신에 따라 황제에게 직언했다) 죽음보다 더한 치욕을 받았다. 사마천은 동병상련, 이심전심의 심정으로 백이와 숙제를 바라본다.

열전의 맨 앞자리에 이들을 소개한 것은 앞으로 열전을 기술하는 방향을 제시한 것이다. 착한 사람이 잘사는 세상이 아니다, 많은 인간 유형을 보여줄 테니 독자 스스로 방향을 잘 살피고 가라, 하지만 소신을 굽히지 마라. 그게 남자의 길이고, 선비의 길이고, 결국 인생이다.

공자의 70제자 중 제일 학문을 좋아했다는 안연은 가난에 지쳐 젊은 나이에 죽고 말았다. 사는 동안에도 거지나 다름없이 생활했다. 그는 학문을 좋아하고 이치에 맞게 살다간 사람이었다.

반면에 춘추 시대 말기의 도척은 천하의 도둑에다 살인을 밥 먹듯이 하고 심지어 사람의 간을 회 쳐 먹었다는 인간 망종이었지만, 천수를 누리고 침상에서 죽었다고 한다. 도척에게 어떤 덕행이 있고 안연에게 어떤 과오가 있었단 말인가?

현실이 어렵다는 건 예나 지금이나 마찬가지다. 그러나 예나 지금이나 온갖 탈법에 불법을 일삼는 이들이 한평생 호강하고, 군자의 도를 지키는 사람은 재앙을 만나는 일이 수없이 반복되었다. 이런 사실은 역사가인 사마천을 당혹스럽게 했다. 그래서 절규하듯 하늘의 도리라는 것이 과연 있기나 한 것이냐고 되물었다.

우리는 이름을 가지고 있다. 선비들이 이름 외에도 호와 자를 가지고 있는 것은 그 이름이 제시하는 삶을 살도록 노력하는 자세를 가지라는 뜻이기도 하다. 이름을 위해 삶이 구성된다. 이름이 없다면 어떻게 될 것인가. 이름을 가볍게 여기는 자는 가볍게 사라질 것이다.

우리가 살고 있는 현대 자본주의 사회에서는 부끄러움이 어디에 있을까? 자본주의 사회에서는 돈과 익명성이 부끄러움을 가려준다. 우리는 부끄러운 시대에 살고 있다. 이는 과거에도 마찬가지였다. 잠시 '쪽' 팔리더라도 길게 잘 먹고 잘살면 된다는 풍조가 만연했다. 백이와 숙제는 그러한 시대의 늘푸른 소나무였다.

이제 선비의 지조는 『사기 열전』에나 나오는 이야기가 된 것일까. 공자는 "추운 계절이 되고 나서야 비로소 소나무와 잣나무가 시들지 않았음을 안다"고 했다. 하지만 현실이 어디 그런가.

백이와 숙제는 선비의 지조 이전에 인간의 부끄러움을 아는 사람이었다. 사마천 역시 마찬가지다. 그는 부끄러움을 알았기에 묵묵히 글을 썼다. 그것으로 부끄러움을 극복한 것이다. 그는 하늘의 도와 공자의 인 같은 절대 진리가 무너져 내리는 순간에 인간이란 과연 무엇인가, 하는 근본적인 물음을 던진다.

사마천은 「백이 열전」을 통해 자유로운 인간의 도리를 설명했다. 그 스스로 자유로운 인간이 되기 위해 얼마나 큰 고난을 겪어야 하는지 체험했기에 더욱 절실하다. 호랑이는 굶어 죽어도 풀을 먹지 않는다.

인간 영혼의 고귀함과 자유로움은 그것에 저항하는 세상을 업고 나아가는 것이다. 이러한 관계는 선과 악의 개념을 넘어선다. 이 둘은 결국 하나이고, 하나는 결국 둘이다. 백이와 숙제는 무왕이 전쟁으로 평정한 세상의 피비린내 나는 혼란을 품고 넘어선다.

부끄러움을 모르는 시대에 던지는 사자후

신라 마의태자는 천년의 신라 왕조가 무너지자 베옷을 입고 여생을 보냈다. 그때의 심경을 헤아리기란 쉽지 않다. 신라 왕자가 왕관과 비단옷을 벗었다는 것은 더 이상 세속적인 영화를 누리지 않겠다는 의미다.

또한 자신의 존재를 숨기는 행위이기도 하다. 즉 부끄러움을 아는 사람의 처신이다. 부끄러움을 안다는 것은, 비로소 하늘을 바로 올려다볼 수 있는 인간의 모습을 회복하는 것이다. 그는 부귀영화 대신에 자존감을 지켰다.

마의태자가 고려에 항복하는 수모를 꿋꿋한 절개로 견뎌냈다면, 신라를 무너뜨린 고려 역시 조선에 의해 왕조가 바뀌자 고려의 충신 두문동칠십이현이 쓰러진 왕조의 자존심을 지켰다. 역사는 일정한 순환의 고리를 갖고 있고, 사람들이 사는 법도 크게 다르지 않다.

신라와 고려에 비해 조선은 더럽게 망해버렸다. 일본에 나라를 빼앗겼으니 선비들의 마음은 갈 곳을 잃었다. 어찌 이런 일이 있단 말인가? 이것은 백이와 숙제, 마의태자, 두문동칠십이현 때와는 본질적으로 다르다.

1905년 을사늑약이 발표되자 장지연 주필의 「시일야 방성대곡」과 신채호 선생의 「시일야우 방성대곡」에서 시작된 나라 잃은 슬픔의 목소리는 매천 황현을 비롯한 많은 선비가 더러운 세상을 향해 목숨을 던지는 비극으로 이어졌다. 물론 이런 시절에도 친일파들은 희희낙락 부귀영화를 누렸다.

1910년 한일병탄이 이루어지자 아편을 먹고 자결한 황현은 어려서부터 총명해 신동으로 불렸다. 청년 시절에 과거를 보려고 서울에 와서 강위, 이건창, 김택영 등 학식이 높은 이들과 우정을 나누었다.

1883년(고종 20) 보거과保擧科에 응시해 장원을 했지만, 시골 출신이라는 이유로 시험관이 그를 둘째로 내려놓았다. 이 일로 그는 조정의 부패를 절감했다. 그는 더러운 세상이라 여기고 회시, 전시에 응시하지 않은 채 관리가 되려는 뜻을 접었다. 까마귀 노는 곳에 백로가 가지 않기로 한 것이다.

그러나 효가 우선이었다. 결국 아버지의 명을 어기지 못해 1888년 생원회시生員會試에 장원으로 합격했다. 당시 조선은 임오군란과 갑신정변 이후 청나라의 적극적인 간섭정책 아래에서 수구파 정권의 가렴주구와 부정부패가 극심한 상황이었다. 황현은 다시 귀향했다. 조선 말기의 상황은 절개 있는 선비들이 설 자리가 매우 적었다.

황현은 구례에서 작은 서재를 마련해 3,000여 권의 서책을 쌓아놓고 독서와 함께 시문詩文 짓기, 역사 연구, 경세학 공부에 열중했다. 1905년 11월 을사늑약이 체결되고 국권이 박탈당하자 중국에 있는 김택영과 국권 회복 운동을 하려고 망명을 시도했으나 실패했다. 1910년 8월 한일병탄의 비보를 듣고는 더는 하늘을 올려다볼 면목이 없었다. 절명시絶命詩 4수를 남기고 세상과 타협하지 않는 고귀한 삶을 접고야 말았다.

역사에 이름을 남기고 사라진 인물들 외에 동굴이나 외딴

시골에 숨어서 이름 없이 사라져간 지조 있는 인물들도 있었을 것이다. 인간의 삶은 선택이다. 어느 순간에 어떤 선택을 하느냐에 따라 친일파가 되고 독립운동가가 된다.

비록 하늘을 원망하는 마음을 품었다고 하더라도 백이와 숙제의 이름은 신라의 마의태자, 고려의 두문동칠십이현, 조선의 매천 황현과 더불어 우리의 입에서 입으로 전해지고 불려진다. 공자는 "군자는 죽은 뒤에 자기 이름이 일컬어지지 않는 것을 가장 가슴 아파한다"고 했다. 죽은 뒤의 일을 생각하는 사람이 군자다. 하루살이처럼 살아간다면 군자라 할 수 없다.

그 시절 사람들은 돈보다 귀한 덕목을 알았다. 우리에게도 인간으로서 자신의 이름을 두고 지켜야 할 최후의 보루가 있다. 장삼이사의 인간관계도 상대방이 수치스러워하는 그 무엇을 건드리면 관계가 단절되곤 한다. 훌륭한 선비에게 절개와 지조는 그런 것이었다.

사마천은 이렇듯 불합리한 세상에 대해 원망에 찬 목소리를 낸 것이다. '하늘의 도, 공자의 인 같은 절대 진리가 무너져 내리는 순간에 인간이란 과연 무엇인가? 이것이 인간이란 말인가?' 하는 울부짖음이 있었다.

사마천은 「백이 열전」을 통해 지켜내야 하는 '인간'의 도리를 설명했다. 그 스스로 자유로운 인간이 되기 위해 얼마나 큰

고난을 겪어야 하는지 체험했기에 더욱 절실하다. 마의태자,
두문동칠십이현, 매천 황현도 각각 고려와 조선, 그리고 일제
라는 억압이 있었기에 존재한다. 세상에 홀로 존재하는 것은
없다. 선비의 지조와 절개, 여인의 정조, 그리고 자유는 결국
그것을 억압하는 힘에 의해 더 강해지고 아름다워진다. 이 절
묘하고도 가혹한 세상사가 있어 너와 내가 존재하고, 우리의
삶이 자유롭고 아름답다.

세상을 찌르는 비수

「자객 열전」

어진 이는 자신이 죄를 짓지 않으면 몸이 묶이는 치욕을 당해도 부끄러워하지 않는다고 사마계주(『사기 열전』의 「일자 열전日者列傳」에 나오는 인물)는 말했다. 세상을 살면서 단 한 번이라도 절절하게 온 힘을 다할 수 있는 일이 있을까?

간혹 세상을 움직이겠다는 말이 공허하게, 혹은 코미디처럼 들리는 때다. 사나이 대장부라는 말이 왠지 어울리지 않는 세상, 사내란 그저 월급 타서 가족을 부양하고 착한 아버지가 되어야 할 것 같은 세상이다. 그것 역시 보람찬 일이긴 하지만 왠지 성에 차지 않는다.

세상과 사내들의 삶이 자잘하게 쪼개지고 무너져 가치 있는 일에 대한 개념 자체가 바뀌어버려서인지, 우리는 초개와

같이 목숨을 버리고 대의를 향해 길을 떠나는 삶 자체를 낯설
어한다.

다섯 자객의 운명

「자객 열전」에는 춘추 전국 시대의 자객들이 등장한다. 모두
다섯 명의 자객이 나오는데, 이들의 모습은 각양각색이다. 거
사에 성공한 이도 있고 실패한 이도 있다. 하지만 이들의 행동
에는 성공과 실패 이상의 울림이 있다.

열전에 처음 등장하는 자객은 노나라 장수 조말이다. 그가
날카로운 비수 하나로 전쟁에서 패해 잃어버린 땅을 되찾은 기
묘한 사건이 있다. 사건의 전말은 이렇다.

조말은 노나라 장공을 섬겼는데, 제나라와 세 번 전투를 치
러 모두 패했다. 노나라 장공은 수읍 땅을 제나라에 바치고 화
친을 청했다. 당신이 강하니 우리 땅 좀 가져가고 전쟁하지 말
자는 뜻이었다.

제나라 환공은 이를 수락하고, 승리자답게 기분 좋은 술자
리를 열었다. 그때 조말이 비수를 들고 뛰어올라 환공의 목숨
을 위협하면서 강하고 큰 나라가 약한 나라를 범하는 것은 가
혹한 일이라고 당당하게 소리쳤다. 조말은 비수로 일단 상대

를 제압하고 약한 나라의 어려움을 겸손하게 이야기한 다음 간곡하게 부탁했다.

일단 살고 보자는 심정으로 환공은 빼앗은 노나라 땅을 모두 돌려주겠다고 했다. 그러자 조말은 비수를 멀리 내던지고 다시 자신의 자리로 돌아왔다. 북쪽을 향해 신하들의 자리에 앉은 조말의 모습은 얼굴빛에 변함이 없었고 말소리도 조금 전과 다름이 없었다.

허허, 기가 막힌 일이다, 조말의 간덩이가 과연 부었구나, 내가 비록 네 비수에 잠시 위기를 맞았으나 이제 모면했으니 요놈 맛 좀 봐라, 칼 한 자루 가지고 나를 위협하다니, 뭐 이런 심정으로 환공은 화를 내면서 약속을 내던지려 했다.

그때 관중이 나서서 군주의 체통을 지킬 것을 부탁한다. 사나이가 한번 뱉은 말은 절대 지켜야 한다. 그래야 군자다. 소인배가 되는 순간 당신은 천하의 인심을 잃게 된다. 소탐대실하지 말고 약속을 지키라고 한다.

그 자리가 어떤 자리인가? 양국의 화친을 위해 군주와 신하가 모두 모인 자리다. 이들의 입을 모두 막을 수도 없었다. 결국 갑작스럽게 상황이 종료되고 곰곰 생각한 환공은 사나이답게 군주답게 노나라 땅을 돌려주고 돌아간다.

조말이 죽고 나서 167년 오나라의 전제가 칼을 들었다. 오나라 당읍 사람인 전제는 오자서라는 뛰어난 인물의 눈에 띈다. 초나라에서 오나라로 피신 와 있던 오자서는 군주의 뜻을 품고 있는 공자 광에게 전제를 추천했다.

과연 오자서의 혜안대로 공자 광은 전제의 칼을 빌려 요왕을 제거하고 왕이 되었으니 그가 바로 합려다. 합려는 오나라의 24대 왕으로 재임하면서 초나라 신하이던 오자서를 재상으로, 그리고 『손자병법』의 손무로 하여금 군대를 조직하게 해서 결국 초나라를 공략하고 오나라 세력을 중원으로까지 넓혔다.

합려가 이러한 뜻을 펼치는 데 징검다리가 된 인물이 바로 전제다. 합려를 위해 전제는 구운 생선을 요왕에게 올리는 시늉을 했다. 그 생선의 뱃속에 칼이 들어 있었다. 수저가 닿는 자리에 놓인 생선에서 칼을 꺼냈으니 그의 거사는 거의 이겨 놓고 싸운 거나 다름없었다.

하지만 『사기 열전』의 자객들은 프로가 아니다. 프로는 시장경제의 논리에 따라 실용적으로 움직인다. 돈을 받아야 한다. 암살 대상에 따라 돈의 규모도 다르다. 인간의 목숨을 가지고 거래하니 그들은 소인배이고 무뢰한이다. 반면에 자객들은 돈 거래를 천박한 짓으로 여겨서인지 언급조차 하지 않는다. 그들이 추구한 것은 다름 아닌 명분과 의리, 한걸음 더 나아가 공자의 인仁 사상이었다.

이런 모습을 극명하게 보여준 자객이 진나라의 예양이다. 진나라 사람인 예양은 지독하게도 운이 없거나 아니면 칼과는 거리가 먼 선비다. 그는 오직 선비의 지조를 세우기 위해 비수를 품었다. 선비가 지조를 지키는 이유는 자신을 알아보고 인정해주는 주군이 있기 때문이다.

예양은 진나라에서 범씨와 중항씨라는 두 주군을 섬겼다. 하지만 그들은 예양을 여느 선비와 다르게 보지 않았다. 예양을 알아본 주군은 바로 지백이었다. 그런데 지백은 조양자를 능멸했고, 이에 조양자는 한나라와 위나라 군대를 모아 지백을 멸했다. 자신을 알아보지 못하고 무시한 지백의 두개골을 조양자는 술잔으로 썼다.

그 이야기를 전해들은 예양은 일단 산속으로 숨는다. 그리고 자기를 알아준 지백을 위해 한목숨 바칠 것을 각오한다. 예양이 오로지 복수만을 꿈꾸는 이유는 단순하다. 그러한 행동이 지백의 은혜를 받은 자신의 영혼을 부끄럽지 않게 하기 때문이다. 그는 부끄러움을 아는 사람이었다. 부끄러움의 가치를 알고 부끄러움으로 수신修身을 하는 인간형이었다.

그는 성과 이름을 바꾸고 가벼운 범죄를 지어 죄인이 되었다. 자신의 정체성을 완전히 바꾸어버린 것이다. 죄수의 신분으로, 조양자가 하루에 한두 번은 반드시 들르는 화장실의 벽을 바르면서 기회를 엿보았다.

어느 날, 조양자는 화장실 근처에서 왠지 모를 불안감에 휩싸인다. 볼일은 급한데 가슴이 두근거리고 두려운 마음이 들어 주변을 조사해보니 품 안에 비수를 감추고 있는 사람이 있었다. 조양자보다 주위에 있는 이들이 당장 목을 베라고 아우성이었다.

하지만 조양자는 지백의 원수를 갚으려 했다는 초췌한 몰골의 예양을 보고 뭔가 깨달은 바가 있었다. 그는 너그럽게 예양을 풀어주었다. 예양이 의로운 사람이며 천하의 현인이라고 주위에 있는 신하들이 들을 수 있게 큰 소리로 외치면서 말이다. 너희들도 예양의 이러한 지조를 닮아야 할 것이다. 이쯤 되면 예양도 마음을 바꿀 것이라고 조양자는 생각했다.

그러나 예양은 거기에서 멈추지 않았다. 그의 몸은 이미 자신의 것이 아니며, 근육이 움직이는 한 그는 복수의 화신이었다. 하지만 이미 얼굴이 알려졌고, 목소리까지 들켜버렸으니 어찌할 것인가. 그는 얼굴과 목소리를 추하게 바꾼다. 온몸에 옻칠을 해서 문둥이처럼 꾸몄고, 숯가루를 먹어 목소리까지 탁하게 했다. 그런 몰골을 아내와 가족도 알아보지 못하자 예양은 미소를 지었다.

　다시 복수의 길을 떠나는데, 오직 한 친구만이 예양을 알아보았다. 몇 마디 이야기를 나누면서 예양의 뜻과 마음을 알게 된 친구는 눈물을 철철 흘리면서 기왕에 복수할 거라면 겉으로는 조양자를 섬기는 척하면서 조양자가 긴장을 풀고 가까이 할 때 일을 도모하면 될 것 아니냐고 했다. 그는 예양의 끔찍한 몰골에서 죽음을 보았던 것이다.

　그러나 예양은 친구에게 자신이 하고자 하는 일이 매우 어려운 일이고, 이러한 길을 선택해 걸어가는 이유가 있다고 말한다. 그것은 신하가 되어 두 마음을 품고 주인을 섬기는 자들에게 '부끄러움'을 가르쳐주기 위해서라는 것이다. 그는 뒤도 돌아보지 않고 가던 길을 떠났다.

　예양의 이 말은 우리를 부끄럽게 한다. 힘껏 잡아당겨진 활시위처럼 팽팽한 긴장이 흐른다. 그는 자신의 삶 너머를 보았다. 앞으로 자신처럼 살 사람들에게 전범을 제시한 것이다. 그것은 후배들에게 꼭 그렇게 하라는 부탁이나 충고의 말이 아니다. 그냥 나는 이렇게 하니까 너희들은 각자 알아서 하라는 식이다.

　예양은 조양자가 지나다니는 길목에서 거사를 도모했으나, 결국 또 하늘의 도움을 받은 조양자에게 들키고 만다. 그때 조양자가 꾸짖는다. 왜 이토록 끈질기게 원수를 갚으려 하느냐.

너는 범씨와 중항씨를 섬긴 적이 있지 않은가? 지백이 그들을 죽였는데, 그때 너는 왜 원수를 갚지 않고 나에게만 이러느냐고 따져 물었다.

그러자 예양은 범씨와 중항씨는 자신을 평범하게 대했지만, 지백만이 자신을 한 나라의 최고 선비로 대접했기에 그에 걸맞은 행동이 이러하다고 말했다. 몰골은 흉하지만 한 치의 흐트러짐이 없는 예양의 태도에 감탄한 조양자가 울면서 예양을 참하려 했다. 그때 예양이 나는 죽어 마땅한 자이지만, 당신의 옷이라도 칼로 베어 원수를 갚으려는 마음을 헤아려 달라고 간곡하게 말했다.

조양자는 예양의 간청을 받아들여 사람을 시켜 자신의 옷을 예양에게 가져다주도록 했다. 예양은 그 옷을 칼로 내리치고 지백의 은혜를 갚았다고 기뻐하며 그 칼에 엎어져 스스로 목숨을 끊었다. 이 소식을 전해들은 조나라 선비들이 모두 울었다.

예양이 죽은 지 40년이 지나 제나라 땅에서는 섭정과 그 누나의 장렬한 죽음이 있었다. 섭정 또한 자신을 알아주는 자를 위해 목숨을 버린다. 효자였던 섭정은 과거에 사람을 죽이고 원수를 피해 어머니, 누나와 함께 제나라에서 개백정 노릇을 하면서 살고 있었다. 최대한 신분을 낮추어 구설에 오르는 일이 없기를 바라는 마음이었다.

섭정에 대한 소문을 듣고 찾아온 사람은 엄중자다. 엄중자는 한나라 애후를 섬겼는데, 애후는 한나라 재상 협루와 사이가 나빠 목숨이 위태로웠다. 그래서 협루를 제거할 인물을 찾아 돌아다니다가 섭정을 만나게 된다.

엄중자는 섭정을 찾아가 선비의 예를 갖추어 사귀고 막대한 황금을 주면서 섭정 어머니의 장수를 기원했다고 한다. 물론 그 황금은 거사에 대한 보답일 것이다. 하지만 그런 내색은 감추었다. 효자 섭정은 기구한 사연으로 개백정으로 살고 있는 자신을 알아보고 과감한 투자를 하는 고위 관리 엄중자에게서 군자의 덕을 보았지만, 어머니를 모셔야 하는 처지이므로 그의 청을 거절했다.

섭정의 어머니가 천수를 다하고 세상을 떠나자 이번에는 자신이 엄중자를 찾아가 자객이 되기로 한다. 그리고 홀로 길을 떠나 관청의 단청에 앉아 있던 협루를 단숨에 찔렀다. 협루의 부하들이 섭정을 향해 달려들었지만, 수십 명이 섭정의 칼에 쓰러졌다. 그런 뒤 섭정은 자신의 얼굴 가죽을 벗기고, 눈을 도려내고, 배를 갈라 창자를 끄집어내어 죽었다.

복수는 복수를 낳는다. 한나라에서는 천금의 현상금을 걸어 자객의 신분을 확인하려고 했다. 섭정의 시체는 시장 한가운데에 버려졌지만, 오랜 시간이 지나도록 그를 알아보는 사람이 없었다. 그러던 어느 날, 섭정의 누나 섭영이 찾아와 울부짖었다.

거리를 지나다니던 사람들은 어찌 이 위험한 인물을 안다고 하느냐고 염려했다. 하지만 섭정의 누나는 아랑곳하지 않았다. 오히려 큰 소리로 자신이 살아 있기 때문에 동생은 신분을 감추려고 처참하게 스스로 신체를 훼손했다고 밝혔다.

또한 동생이 선비로서 자신을 알아주는 사람을 위해 목숨을 바쳤다고 슬퍼하다 그 자리에서 섭영 자신도 목숨을 놓아버렸다. 한나라 주위에 있던 진나라, 초나라, 제나라, 위나라에서는 모두 섭정만 위대한 것이 아니라 그 누나도 장한 여인이라고 애도했다.

절대 권력을 찌르려고 한 형가

지금까지 소개한 네 명의 자객은 하나같이 대의를 위해 목숨을 버렸다. 그들은 살아서 영광을 바라지 않았다. 자객의 죽음은 때론 주군의 한을 풀어주기도 하고, 주군의 뜻을 이루기도 한다. 이들의 삶은 우리에게 어떤 의미가 있는 것일까?

물론 요즘 시대에 이러한 방식으로 뜻을 이룰 수는 없다.

이제 우리는 칼로써 자신의 뜻을 전하는 시대가 오지 않기를 당연히 바란다. 칼로써 이야기하고자 하는 것이 말이 되고, 그 말이 행동이 되어 예의가 갖추어지는 세상에 우리는 살고 싶어 한다.

하지만 때론 어설픈 폭력이 속 시원하다는 사람도 있다. 법보다 주먹이 가깝다는 말이 단적으로 그러한 심정을 대변한다. 살다 보면 울화통이 터지는 일이 있게 마련이다. 하지만 살면서 겪는 대부분의 원한은 옛 자객들의 처연한 행동에 견주면 티끌 같다. 우리는 사소한 일에 목숨 걸지 말아야 한다. 사내가, 아니 인간이 목숨을 걸 만한 일은 신중하게 선택되어야 한다.

옛이야기에는 뼈와 살이 있다. 옛 자객들의 행동은 살이다. 그 살은 이미 오래전에 흙이 되어 바람으로 날아갔다. 하지만 이들이 전하는 메시지는 뼈다. 이 뼈는 아직 우리의 마음과 마음으로 전해진다. 글을 통해서, 이야기를 통해서, 그러다 기어이 눈에 선연하다. 그리고 그 정신은 시공을 초월해 전해지고 있다. 그것은 때로 간절한 노래가 되기도 한다.

섭정이 죽고 나서 220년 후에는 시황제의 옷자락을 베었던 비운의 자객 형가가 비수를 품었다. 형가는 시황제를 암살하기 위해 떠나면서 역수라는 강가에 서서 노래를 불렀고 그 노래는 강가의 비가悲歌로 흘러내린다.

바람 소리 소슬하고
역수는 차갑구나!
장사는 한번 떠나면
다시는 돌아오지 못하리
—사마천, 김원중 옮김, 『사기 열전 1』(민음사, 2007)

바람, 강, 사람, 그리고 운명을 품고 형가는 역수를 건넌다. 과연 그의 노래대로 길을 떠난 자객은 뒤를 돌아보지도 되돌아오지도 않는다. 이들의 모습은 흘러가는 강물을 떠올리게 한다. 한번 흘러간 강물은 바다로 나아가 영원으로 사라진다.

춘추 전국 시대에서부터 지금까지 이러한 인물들은 계속 등장한다. 조말, 전제, 예양, 그리고 섭정까지. 하지만 「자객 열전」의 대표적인 인물로 사람들은 형가를 손꼽는다. 그의 상대가 중국 최초의 황제 시황제였기 때문이다.

이 드라마틱한 이야기는 한 편의 고대 서사시를 이루었다. 장엄하고 격정적이고 문학적이면서 동시에 음악적이다. 형가가 시황제를 만나러 가는 길은 되돌아올 수 없는 강의 길이었다. 그래서 이 노래에는 인간의 운명이라는 보편적 정서와 함께, 형가라는 한 특출한 인물의 비애와 시황제라는 거대한 세계가 함께 녹아 있다.

형가는 위나라 사람이다. 당시 진나라는 중국 대륙을 통일하기 위해 점점 세력을 확장하고 있었다. 이러한 격동기에 뛰어난 인물들은 큰 뜻을 이루거나 아니면 대부분 비극적으로 생을 마감한다.

형가는 격투기와 검술, 글 읽기를 좋아했는데, 실력이 뛰어났다. 성격은 매우 조용하고 단아했다. 누가 시비를 걸거나 성을 내면 조용히 사라져 다시는 만나지 않는 성격이었다. 이런 사람들은 많이 참는 스타일이다. 말이 없으니 참을 일도 많았을 것이다.

그는 고대 중국 악기인 축筑을 잘 타는 명인 고점리와 친구로 지냈다. 형가는 고점리와 어울려 술을 마시면서 노래하다가 문득 서럽게 울기도 했다. 아들이 아비를 죽이고, 신하가 임금을 주살하는 춘추 전국 시대를 살았던 형가의 눈물은 참고 또 참고 있는 자의 눈물이기에 마치 지표를 뚫고 나오는 용암과도 같이 뜨거웠다.

형가는 저잣거리에서 술꾼들과 어울리기는 했지만, 사람 됨됨이가 신중하고 독서를 즐기는 선비였다. 그는 여러 나라를 떠돌면서 현인, 호걸, 선비를 사귀는 사람이었다.

형가는 연나라 태자 단을 만나 거사를 결심한다. 단은 어린 시절 조나라에 볼모로 잡혀갔는데, 거기서 진나라 시황제가 될 정政을 만나게 된다. 조나라에서 태어난 정이 어린 시절을 거기에서 보냈기 때문이다.

두 어린아이는 매우 친하게 지낸 모양이다. 하지만 이때의 우정이 훗날에 원한이 되었다. 단은 장성하여 다시 진나라에 볼모로 잡혀갔다. 그때 단의 마음은 아마도 어린 시절의 친구인 정이 자신을 따뜻하게 대해주리라 생각했던 모양이다.

그런데 진나라의 정은 단을 박정하게 대했다. 왕과 볼모의 차이를 확실하게 알려주고 모욕한다. 이미 천하를 가진 정에게 어린 시절의 우정 따위는 중요하지 않았을 것이다.

연나라로 도망쳐 온 단은 이를 갈면서 그 수모를 되갚기 위해 복수를 결심했지만, 이미 진나라는 중원을 장악하고 정은 기운이 최고조에 올라 있는 상태였다. 하지만 개인적인 원한에 눈이 멀면 이성이 마비되게 마련이다.

분에 떨고 있는 단에게 태부 국무가 업신여김을 당했다는 원한 때문에 진나라 왕을 화나게 하지 말라고 충언한다. 대신 깊이 생각한 다음에 비책을 마련하라고 말한다. 단은 비수를 품는다. 약한 자는 항상 비수를 품게 마련이다.

비수를 잃어버린 시대

천하의 대세는 태자 단에게 불리하게 돌아가고 있었다. 진나라의 장군 번오기가 연나라로 망명했다. 그를 받아준다면 진나라가 침략할 빌미를 주는 것이지만, 단은 자신의 품으로 날아온 가여운 울새와 같은 장군을 품으려 한다. 태부는 번오기를 절대 받아들이면 안 된다고 했다. 이는 마치 굶주린 호랑이에게 고기를 던져주는 격으로 불을 지르는 것처럼 빤히 보이는 위태로운 일을 하지 말라고 직언했다.

그래도 단은 요지부동이었다. 현인의 눈에는 바로 눈앞의 불행이 확연하게 보이는 법이다. 태부는 자신의 지혜와 용기로는 감당할 수 없는 일이라 전광 선생이라는 현인을 단에게 소개한다. 태자 단이 전광 선생을 만나면서 비로소 시황제 암살 계획이 무르익는다.

태자는 전광 선생을 만나 연나라와 진나라가 함께 설 수 없다고 말했다. 그러자 전광 선생은 자신은 한때 하루에 천리를 달리던 준마였지만 이미 늙고 쇠약해진 노둔한 말이라면서 광야를 달릴 수 있는 준마로 형가를 추천한다.

태자 단은 전광 선생에게 비밀이 새어나가지 않도록 간곡하게 당부했다. 전광 선생은 심약한 태자의 걱정을 이미 알고 있었다. 전광은 몸을 낮추고 형가를 찾아가 간곡하게 태자 단의 준마가 되어줄 것을 당부하고 자신의 목숨을 버렸다. 비밀 유지에 대한 태자의 염려를 덜어준 것이었다.

형가는 즉시 태자를 찾아가 전광 선생의 죽음을 전했다. 태자는 전광 선생의 죽음을 애도했다. 그리고 형가가 자리에 앉자 태자는 자리에서 내려와 머리를 조아렸다. 그 자리에서 태자 단은 말했다. 진나라 정을 찔러 죽여 진나라 내부에 분란이 일어나게 한 다음 다른 제후국들이 합종한다면 진나라를 깨뜨릴 수 있을 것이라고.

그러면서 이 일을 할 수 있는 영웅을 만나지 못했다고 고백한다. 당신이 그 일을 해달라는 간곡한 부탁의 말이었다. 형가는 자신은 그러한 일을 할 만한 사람이 안 된다면서 몇 번 거절하다 끝내 허락했다.

형가가 진나라로 길을 떠날 때 가지고 간 것은 번오기 장군의 목과 연나라의 요충지인 독항의 지도였다. 독항은 일찍이 시황제가 눈독을 들이던 땅이었다. 이 두 가지 선물 덕분에 진나라 왕에게 가까이 다가갈 수 있었다. 태자 단은 당연히 번오기 장군의 목을 줄 수 없다고 했지만, 이 소식을 들은 번오기 장군은 스스로 자신의 목을 베어 형가의 뜻에 따랐다.

형가의 거사에는 두 사람의 죽음이 함께했다. 전광 선생과 번오기 장군의 목숨이었다. 이 둘은 형가의 성공을 위해 스스로 목숨을 버렸다. 또 태자는 세상에서 가장 날카로운 서 부인의 비수를 황금 100근을 주고 구입했다. 독약을 바른 그 칼날은 살짝 스치기만 해도 목숨을 앗아갔다.

비수와 두 사람의 목숨, 그리고 기름진 땅까지. 시황제에게 다가가기 위한 만반의 준비가 되었다고 태자는 생각했다. 그런데 형가는 자신을 도와줄 한 사람을 기다리고 있었다. 그가 온다면 길을 떠날 일이었다. 하지만 어쩐 일인지 그 장사는 나타나지 않았다.

이에 소심한 태자 단이 형가에게 큰 실수를 한다. 다른 뜻이 있어 주저하는 것이냐, 겁이 나는 거냐는 식의 질문이었다. 형가는 이 길은 범부의 길이 아니라, 뜻을 품은 자의 길이고, 한번 실행하면 다시는 돌아오지 못하는 결단의 길임을 각인시키고 단호하게 태자를 꾸짖었다.

형가는 자신이 친구를 기다렸을 뿐이라고 말한 뒤, 태자가 그런 말을 하니 당장 떠나겠다면서 연나라의 진무양이라는 얼치기와 함께 길을 떠난다. 형가의 마음이 조금 흔들렸다. 동시에 온 우주가 흔들렸다.

이 대목에서 형가 거사의 위태로움을 읽을 수 있다. 1퍼센트가 부족하다. 완벽하지 않다면 진나라 왕을 벨 수가 없다. 하지만 그것이 대국의 통일이라는 거대한 드라마의 전주곡이었는지도 모른다.

형가는 슬픈 곡조인 우성으로 〈장사가 한번 떠나면 다시는 돌아오지 못하리〉라는 노래를 부른 다음 진나라로 향했다. 가는 길에 결코 뒤를 돌아보지 않았다고 한다.

진나라의 왕 정은 과연 형가의 예측대로 기뻐하면서 그를 맞았다. 왕을 향해, 아니 적을 향해 나아가는 형가와 진무양. 이때 형가의 염려가 현실로 나타난다. 거사일이 가까워지자 담력이 부족한 진무양이 얼굴빛이 바뀌면서 덜덜 떨기 시작한 것이다. 거사를 감행할 그릇이 아니었다. 하지만 형가는 여유롭게 그 위기를 넘기고 왕에게 지도를 들고 다가간다. 지도에는 비수가 숨겨져 있었다.

환한 얼굴로 왕이 지도를 펼치자 비수가 드러났다. 그 찰나에 형가는 왼손으로 왕의 소매를 붙잡고 오른손으로 비수를 쥐고 왕을 찌르려고 했다. 하지만 왕이 몸을 일으키는 바람에 소매만 떨어졌다. 왕은 칼을 뽑으려 했지만 칼이 길어 뽑지 못하고 칼집만 잡았다.

왕은 도망쳤다. 형가가 뒤를 쫓았다. 어전은 순식간에 아수라장이 됐다. 옆에 있던 지혜로운 신하 일갈이 왕을 살렸다. 칼을 등에 지고 뽑으십시오. 왕은 칼을 등에 지고 뽑아 내리쳐 형가의 왼쪽 다리를 베었다. 쓰러진 형가는 왕에게 비수를 던졌지만, 한창 혈기 방장한 왕이 이를 피하자 비수가 궁의 구리 기둥을 맞고 튕겨져 나왔다.

왕은 쓰러진 형가를 난자했고, 형가는 희미하게 웃었다. 그리고 형가는 "당신을 사로잡아 위협해서 태자에게 보답하려 했다"면서 준엄하게 진나라 왕을 꾸짖었다. 거사가 실패하자 호랑이에게 상처를 입힌 격이 되었다. 몸과 마음에 상처를 입은 진나라 왕은 군사를 동원해 연나라를 공략했고, 이에 태자 단은 동쪽으로 달아났다.

5년 후 연나라가 망했다. 이듬해 진나라 왕은 천하를 통일하고 스스로를 '황제'라 불렀다. 중국 고대 신들의 왕인 황제가 인간의 모습으로 땅 위에 나타난 것이다.

세상을 찌르는 비수가 되어

「자객 열전」에는 만주 벌판을 달리는 준마 같은 사내들이 있다. 책장을 넘기면 들려오는 말발굽 소리가 우리의 심장을 쿵쾅거리게 한다. 책을 읽는 이유가 이 정도면 충분하지 않은가?

그런 사내들과 비슷한 인물로 우리 역사에는 대한제국의 안중근 장군이 있다. 그는 당대의 주변부 인물이었다. 독립운동 노선에서도 주류가 아니었다. 일본군에게 패하고 풍찬노숙으로 죽다가 살아난다. 동료들에게 비난받고 거지 몰골이 되어도 살아남아야 하는 이유가 있었다. 죽어도 살아야 하는 것이다.

제국주의의 희생양으로 전락해 세계 역사의 변방으로 밀려나고 있던 대한제국. 안중근은 온 힘을 다하여 학교도 세우고 아내의 패물을 팔아 국채보상운동에도 참여한다. 부친이 물려준 모든 재산을 조국에 바치고 빈 몸이 되어 안중근은 만주 벌판에 선다. 그는 최후의 순간에 권총을 들었다. 총알에 십자가를 새긴다. 살상 효과가 극대화된 총알이다. 이미 마음속에 십자가를 새긴 지 오래였다.

장부로 세상에 처함이여 그 뜻이 크도다
때가 영웅을 지음이여 영웅이 때를 지으리로다
천하를 웅시함이여 어느 날에 업을 이룰고
동풍이 점점 참이여 장사의 의기가 뜨겁구나
분기히 한번 감이여 반드시 목적을 이루리로다
쥐 도둑 00이여 어찌 즐겨 목숨을 비길고
어찌 이에 이를 줄을 헤아렸으리오 사세가 고연하도다
동포 동포여 속히 대업을 이룰지어다
만세 만세여 대한 독립이로다

만세 만만세여 대한 동포로다

─안중근, 신용하 엮음, 『안중근 유고집』(역민사, 1995)

하얼빈 김성백의 집에 머물렀던 거사 전날, 안중근은 비정한 세상처럼 초겨울로 진입하는 하얼빈의 황량한 풍경을 바라보며 막 스러져가는 호롱불 아래서 〈장부가〉를 지어 불렀다.

때는 1909년 10월 26일이었다. 이 노래를 부르기 한 달여 전 안중근은 블라디보스토크 항으로 가는 도중에 엔치야에 머물던 친구들과 작별했다. 친구들이 언제 돌아올 거냐고 묻자 다시는 안 돌아올 것이라고 대답한다. 이 말은 자객 형가처럼 거사를 염두에 두고 한 말이 아니었다. 자신도 이 일을 회고하면서 신비한 경험이었다는 느낌을 적었다. 이미 갈 길이 정해져 있는 자들의 대답은 굴때장군처럼 어둡고 무겁다.

그때만 해도 안중근 장군은 이토 히로부미가 하얼빈에 온다는 소식을 모르고 있었다. 블라디보스토크에 와서야 비로소 이토 히로부미의 방문 사실을 알았고 거사를 준비한 것이다. 하지만 이는 장군의 자서전에 나오는 기록이다. 일본의 옥중에서 쓴 자서전이기에 연구자들이 이 부분을 밝히기 위해 노력하고 있다. 안중근 장군이 동지들의 목숨을 구하기 위해 인명을 거론하지도 않았고, 모든 것을 자신의 어깨에 짊어지고 졌기 때문이다.

어쨌든 모든 일에는 다 때가 있다. 안중근 장군의 마음과 하늘의 뜻이 절묘하게 맞아떨어진 1909년 10월 26일에 하얼빈의 거사가 성공했다. 그리고 그는 자신의 말대로 다시는 돌아가지 않았다.

형가와 안중근은 모두 중국 땅에서 거사를 감행했다. 이후 또 다른 자객인 이봉창이 대단한 거사를 감행했다. 일본 천황의 암살을 시도한 것이다. 그는 형가와 가장 비슷한 인물이다. 절대 권력을 제거하려 했고 거사에 실패했다는 점에서 그렇다.

이렇듯 우리는 열전에 나와 있는 인물 유형을 통해 사람을 볼 수 있다. 그것은 하늘의 별자리와 같다. 광막한 우주에 떠 있는 별자리와 같은 인물들. 나는 지금 어디에선가 빛나고 있는 별인가, 아니면 그저 어둠에 불과한가. 「자객 열전」은 그것을 우리에게 보여주고 있다.

하얼빈에서는 해마다 10월 26일이 되면 총성이 울린다. 이 울림은 어디에서 오는가? 1909년에는 하얼빈의 대합실에서 울렸고, 그로부터 70년 후인 1979년에는 서울의 궁정동 안가에서 울렸다. 안중근 의사의 하얼빈 의거는 자객이라는 단어로 설명하기에는 뭔가 부족하다. 박정희라는 인물보다는 유신정권이라는 망령을 저격한 김재규 당시 중앙정보부장의 권총 또한 그러하다.

이들이 손에 들고 뜻을 펼친 무기는 총이다. 총알은 빠르게 나아가 상대를 절명시키는 무기다. 이러한 총성과 비수의 음률은 베토벤의 〈운명 교향곡〉으로 전이된다. 〈운명 교향곡〉 도입부의 강렬한 엑스터시는 이러한 인간 운명에 대한 음악이다. 음악과 비수와 총성, 겨누는 자와 도망가는 자와 쫓아가는 자의 모든 동작이 〈운명 교향곡〉에 담겨 있다.

형가를 읽으면서 베토벤을 들으면, 동서양의 두 정신이 하나의 강물로 굽이쳐 흐르고, 천둥 번개가 치고, 때론 조용히 호흡하면서 저 화엄의 바다로 나아가는 모양이 보인다. 음악이 눈에 보인다는 건 무슨 말인가. 그 음악에 자신의 이야기가 담겼기 때문이다. 그 음악에 사람의 이야기가 있어 눈을 감아도 선연히 떠오른다.

먼 길을 달려와 숨이 차다. 내 주머니에는 세상을 향한 비수가 없다. 권총도 없다. 하지만 나의 마음에는 지금도 만주 벌판을 질주하는 힘찬 영웅들, 그 준마들의 말발굽 소리가 메아리쳐 온다.

우리는 가끔 형가나 안중근의 마음을 품고 싶다. 세상사가 자잘하고 비루하고 치욕스러울 때 마음에 비수 하나를 품을 필요가 있다. 그 비수로 너를 위협하는 존재의 목을 겨누어 보자. 나를 몰라준다고 탓하기 전에 내가 먼저 내 존재를 드러 내야 한다. 남자들이여, 마음 주머니에 비수를 품어라. 그리고 세상으로 나아가라.

선비 정신으로 살다

「노중련·추양 열전」

선비의 본분

노중련은 전국 시대 전란이 이어지는 상황에서 선비의 본분을 지킨 인물의 전형이다. 제나라 사람인 노중련은 뛰어난 인물이었음에도 벼슬에는 나아가지 않고 이 나라 저 나라를 떠돌며 권력의 변방에서 살았다.

그가 조나라에 있을 때의 일이다. 진나라의 백기가 조나라 군사 40만 명을 몰살하고 승승장구하던 시절이었다. 조나라는 진나라가 무서웠다. 진나라 군사들이 조나라 동쪽 한단을 포위하고 공격을 준비하고 있었다.

조나라 효성왕은 주위 제후국들에 구원을 요청하면서 안절부절못하고 있었는데, 조나라를 도와주던 위나라의 객장군인

신원연이 평원군을 통해 효성왕에게 말했다. 갑자기 진나라가
조나라를 포위한 까닭은, 국력이 강성해진 진나라가 으뜸임을
확인해주는 '제'라는 칭호를 얻고 싶었기 때문이라고. 따라서
사신을 보내 진나라 소왕을 제라고 불러주면 진나라는 만족할
것이고 군대를 돌릴 것이라고.

명분이 중요했던 시절이었지만 지금의 관점으로 보면 이게
뭐 어려운 일인가 싶다. 시쳇말로 '형님'이라고 하면 봐주겠다
는 이야기인데, 평원군은 쉽게 결단을 내리지 못한다. 단 한 마
디로 국가 간 외교에 참혹한 결과가 생길 수 있기 때문이다.

평원군 역시 당대 뛰어난 관리였지만 끙끙 앓고만 있었다. 이
이야기를 들은 노중련은 평원군에게 그 제안을 어떻게 처리할
것인지 물었다. 평원군은 "얼마 전 진나라와의 전쟁에서 40만의
군사를 잃었고, 지금은 한단까지 진나라 군사들이 진을 치고
있으니 할 수도 안 할 수도 없어 고민"이라고 했다.

노중련은 그의 태도를 보고 실망하면서 자신이 직접 신원
연을 만날 자리를 만들어달라고 부탁했다. 평원군이 주선한 자
리에 두 사람이 마주 앉았다. 사실 신원연은 노중련을 만나고
싶지 않았다. 그의 평판을 잘 알고 있었기 때문이다. 만나면
이길 자신이 없다고나 할까. 그 자리에서 노중련은 한동안 침
묵한다. 답답한 마음에 신원연이 먼저 왜 진나라 군사에 포위

된 성을 떠나지 않느냐고 물었다. 더불어 당신은 불안하지 않은 모습인데, 그건 또 무슨 연유인가 물었다.

그때 노중련은 춘추 시대의 올곧은 선비인 포초를 예로 든다. 포초는 현실에 불만을 품어 나무를 안고 굶어 죽었다는 인물이다. 노중련은 포초가 성질이 더러워서 이런저런 꼴 안 보려고 죽었다고 사람들이 말하지만 그게 아니라고 했다. 사람이라면 반드시 지켜야 할 일이 있다는 것이다.

노중련은 신원연에게 이렇게 과거의 이야기를 하고 다시 지금의 이야기를 한다. 즉 진나라는 포악한 군주 밑에서 전쟁으로 수많은 백성들을 노예처럼 부리고 있기 때문에 자신은 진나라 왕과는 같은 하늘을 이고 살 수 없다는 뜻을 밝힌다.

신원연은 "선비로서 그런 말을 할 수는 있지만, 호랑이 늑대와 같은 진나라의 공격을 어떻게 막고 어떻게 조나라를 도울 것인가"라고 묻는다. 노중련은 "위나라와 연나라가 조나라를 돕도록 하겠다"고 했다. 그러자 신원연은 "내가 위나라 왕의 뜻을 가지고 지금 마주하고 있는데 어떻게 도울 수 있게 하느냐"고 물었다. 그때 아주 간단한 대답이 나온다.

"진나라를 제라고 할 경우의 해악을 알게 하면 된다"는 것이다. 신원연은 그게 궁금했다. 진나라의 왕을 제라고 한다고 뭐 그리 대단한 해악이 생길 것인가? 전쟁을 피하고 당장의 위기를 넘기는 것이 중요하지 않겠는가?

노중련은 전쟁도 하지 않고 진나라를 제라고 칭하지 않아도 되는 방책을 일러준다. 대화는 여기에서 절정을 이룬다. 신원연은 "하인들이 주인을 따르는 이유는 힘과 지혜가 모자라서가 아니라 주인을 두려워하기 때문이다. 지금의 형세는 위나라가 진나라의 하인과 같은 존재"라고 솔직히 말한다. 그러자 노중련은 "그렇다면 내가 진나라 왕에게 위나라 왕을 삶아 소금에 절이도록 해볼까요"라고 했다.

신원연은 발끈해서 어떻게 그럴 수 있느냐면서 화를 낸다. 노중련은 국가 간 예의는 힘에 의해 좌우되는 것이지만 진나라와 위나라는 둘 다 비슷한 국력을 가지고 있기에 몇 번 싸움에 패했다고 해서 바로 머리를 숙일 필요는 없다고 강조한다. 진나라 왕을 제라고 칭한다면 진나라는 더욱 기고만장하여 패악이 심해질 것이기 때문이다. 그렇다면 위나라의 위상은 더욱더 엉망이 되고 진나라의 욕망이 더욱 커질 것은 눈앞에 불 보듯 뻔한 일이다. 대신들을 맘대로 갈아치우고 진나라의 천한 여인들을 제후의 부인으로 삼아야 할지도 모른다. 그게 위나라 왕인들 편안하겠는가, 장군 역시 지금의 위치에서 신임을 받지 못한다고 설득했다.

이는 바둑판의 고수가 몇 수 앞을 내다보는 말이다. 소탐대실이 바로 이런 경우라는 판단이 든 신원연은 노중련에게 머리를 조아린다. 마침내 위나라에서 구원병을 보내 진나라 군대는 물러났다. 평원군은 술자리를 마련하고 그 자리에서 노중련에게 천금을 내놓으면서 포상을 하려고 한다. 여기서 노중련은 다른 이들과 구별된다.

그는 선비란 다른 사람의 걱정거리를 덜어주고 재앙을 없애주며 다툼을 풀어주고도 보상을 받지 않는 사람이라고 밝힌다. 그래서 사람들이 선비를 귀하게 여기는 것이다. 보상이라는 것은 장사꾼의 행위임으로 그럴 수 없다고 못을 박았다. 『사기』에 의하면 노중련은 이후 평원군을 다시는 만나지 않았다.

그 시절이나 지금이나 귀한 신분에 있는 사람들도 장사꾼보다 더 큰 보상을 바라며 그것을 두고 출세라고 말하기도 한다. 그러나 선비는 보상이나 대가를 바라지 않는다. 이것이 바로 선비가 사회의 중심에 있어야만 하는 이유다.

길을 보여주다

연나라의 한 장군이 제나라의 요성을 함락시키고도 억울한 누명을 썼다. 장군은 처형될 것이 두려워 연나라로 돌아가지 못하고 요성에 남았다. 제나라는 성을 찾으려고 공격했지만 연나라 장군이 지휘하는 군대가 1년 이상 버티고 있었다. 노중련은 그 장군에게 화살에 편지를 매달아 쏘아 보냈다.

편지는 군주와 선비의 몸가짐에 대해 이야기한다. "지혜로운 자는 유리한 기회를 놓치지 않는다. 용감한 자는 죽음을 겁내 명예를 훼손하지 않는다. 충성스러운 신하는 자기 한 몸을 앞세워 군주를 뒤로하지 않는다"는 것이다. 이어 "장군은 이 세 가지를 다 범하고 있다"고 지적한다. "사느냐 죽느냐, 영예냐 오욕이냐, 부귀냐 천함이냐의 갈림길에 있는 것"이라고 설득한다.

편지는 이어 연나라, 제나라, 진나라의 상황을 조목조목 설명한 뒤 "병력을 보존하여 연나라로 돌아가는 것이 현명한 판단"이라고 조언한다. "연나라로 돌아간다면 환대를 받을 것이며, 정히 연나라로 돌아가지 않겠다면 차라리 제나라에서 당신의 능력을 발휘하라. 이것이 이름을 알리고 실리도 얻을 수 있는 방법"이라고 말한다.

또한 노나라 장군이었던 조자가 제나라와 세 번을 싸워 세 번 다 패하여 영토를 크게 잃었지만, 그 굴욕을 참고 제나라 환공에게 칼을 겨누어 전쟁도 하지 않고 영토를 되찾은 일화도 이야기한다. 만약 조자가 전쟁에 패한 굴욕을 참지 못하고 자결했다면 싸움에서 지고 포로가 된 장군이라는 오명을 썼을 것이다. 선비는 잠시의 굴욕을 참아 더 큰 뜻을 이루는 자다. 한신이 시정잡배의 가랑이 사이로 기어들어간 이야기 역시 같은 맥락이다.

명분이 중요하지만 더 중요한 것은 이름을 남기고 나라에 도움이 되며 실리를 얻는 것이다. 역사상 뛰어난 인물들은 순간의 굴욕과 치욕을 당당히 극복하고 자신의 이름을 남긴 사람들이다. 이러한 판단은 공부를 하고 명예를 소중히 여기는 선비를 매우 혼란스럽게 한다.

노중련은 이러지도 저러지도 못하는 장군의 심경을 잘 알고 있었다. 장군을 위로하면서 요성에서 떠날 것을 부탁한다. 노중련은 장군에게 항복하라고 강요하지 않는다. 이런 경우와 저런 경우를 제시하고 선택하라고 한다. 저나 나나 다 선수인데 뭘 강요할 수 있겠는가? 뻔히 결과를 알면서도 우리는 번번이 어리석은 짓을 저지르기도 한다. 그것이 인간이다.

노중련 같은 인물이 빛나는 것은 인간이 가지고 있는 보편적인 심리를 극복했기 때문이다. 연나라의 장군은 비범한 인물은 되지 못했다. 노중련의 편지를 읽고 사흘간 흐느껴 울면서 망설였다. 무슨 말인지 다 알겠는데 그래도 치욕을 당할 것이 두려워 항복하는 대신 결국 스스로 목숨을 끊고 말았다.

노중련은 성 밖에서 장군의 마음을 다 읽고 있었다. 칼 한 자루 쓰지 않고 제나라는 요성을 다시 찾았다. 사람들의 걱정 거리를 제거하고, 군사들의 목숨을 보존했으며, 원하는 바를 얻었다. 이런 사람에게 어찌 큰 상을 주지 않으려고 하겠는가. 자신의 신하로 쓰려고 하지 않겠는가.

그러나 노중련은 모두 거절하고 가난하게 살더라도 세상을 자신의 뜻대로 살겠다고 일갈했다. 그는 뛰어난 지혜가 있어 일국의 재상 노릇도 할 수 있었다. 그러나 그것이 바로 무거운 짐임을 잘 알고 있었다. 짐을 지고 힘겹게 사는 인생을 누가 원 하겠는가? 우리는 욕심 때문에 그것을 원하고 있다.

욕심을 버린다는 것은 어려운 일이다. 선비는 이 어려운 일 을 하는 사람이라고 노중련은 가르친다. 욕심을 버려야 공적 인 일을 할 수 있다. 공직에 근무한다는 것은 노중련의 정신을 가지고 있어야 한다는 말일 수도 있다.

제나라 사람인 추양은 간신배들의 모함으로 죽을 처지가 되자 양나라 효왕에게 편지를 보낸다. 이 글에서 추양은 "여러 사람이 한 사람을 모함하는 일은 너무나 쉽다. 여러 사람의 입 은 무쇠도 녹일 수 있다"고 하면서, 노나라가 계손의 말을 듣 고 공자를 버리고 송나라가 자한의 계책을 믿고 묵적을 감금 했던 일화를 들려준다. 공자와 묵적 같은 천하의 인물들도 세 치 혀로 참소하고 아첨하는 소인배들에게 결국 당하고 만 것이다. 이러한 연유로 노나라와 송나라가 위태로워졌으니 얼마나 무서운 일인가. 이것이 바로 여러 사람의 모함이 무쇠도 녹이는 까닭이다.

여기에서 주목하고 싶은 말은 바로 '모함'이다. 여러 사람의 입은 무쇠보다 단단한 그 어떤 것도 녹일 수 있다. 이러한 경우에 우리는 어떻게 행동해야 될까. 사마천이 노중련을 통해 이야기하려는 바가 이러한 경우에 어떻게 처신해야 할 것인지의 문제다.

노중련은 절대 어떤 보상도 바라지 않았다. 이것이 핵심이다. 추양 역시 선비 정신을 강조한다. 선비란 이럴 때만이 몸을 바로 세우게 되는 것이다. 모든 부정부패는 보상을 바라는 심리에서 비롯된다. 보상이 이루어져도 자신의 기준에 맞지 않으면 원망을 품게 되고 그러한 마음이 부정부패를 정당화한다. "받을 것을 받는데 뭔 소리가 많냐"고 한다. 어처구니없는 일이다.

선비 정신이 필요한 시대

조선 시대의 선비 남명 조식에 관한 일화다. 어느 날 경상감사가 부임하면서 남명을 찾아와 인사를 올렸다. 남명의 명성을 잘 알고 있던 감사는 조심스러웠다. 남명은 『주역』에 나오는 "경으로써 안을 곧게 하고, 의로써 밖을 반듯하게 한다"라는 문장을 패검에 새겨두었다. 감사가 패검을 보고 물었다.

"무겁지 않으십니까?"

"뭐가 무거울 것이 있겠는가. 내 생각에는 그대의 허리에 찬 돈주머니가 더 무거울 것 같은데……"라고 남명은 대답했다.

앞으로 뇌물 받을 생각하지 말고 정직하게 일하라는 남명의 은유적 조언이다. 감사가 고개를 숙이면서 말했다.

"재주가 없어 무거운 책임을 맡아 잘해낼지 걱정입니다."

퇴계 이황과 더불어 우리나라 성리학의 대붕 조식의 호 남명南冥은 『장자』의 첫 페이지에 나오는 남쪽 바다를 말한다. 조선 시대의 선비들은 호를 지을 때 되도록 의미가 작고 겸손하게 지었는데 천지를 뜻한다는 남쪽 바다, 즉 남명이라는 호는 그 뜻이 크다고 할 수 있다.

하지만 세속적인 입신출세를 생각하는 사람에게 남명이라는 호는 아무런 의미가 없다. 남명은 세상 밖의 세상을 의미하기 때문이다. 입신출세를 추구하는 대신 그는 선비로서 대붕이 되어 세상과 타협하지 않았다. 선비 정신으로 넓은 바다를 이룬 것이다.

조식은 어린 시절부터 벼슬살이하는 아버지를 따라 전국

여러 곳을 돌아다니며 살았다. 젊어서는 주로 서울에 머물렀다. 여러 선비와 우정을 나눴고 학문의 바다에서 물고기처럼 노닐었다. 그의 시대는 당쟁의 시대였다. 그의 나이 열아홉에 기묘사화로 조광조가 사약을 받는 광경은 충격파로 다가왔다. 그는 벼슬을 포기하고 처가가 있는 김해로 내려온다.

서른 살, 조식은 어느 날 밤 바닷가에 서서 남해를 바라보며 장자의 '남명'을 떠올렸을 것이다. 선비랍시고 쥐꼬리만 한 업적을 내세우며 권력을 장악하려는 참새나 콩새의 소인배 무리에서 벗어나 대붕이 되어 남명으로 날아가고 싶었을 것이다. 남명은 단성 현감 벼슬을 사양하면서 왕에게 임금이 나라를 잘못 다스려 백성의 마음이 임금에게 멀어졌으니 나 역시 왕을 떠난다는 상소문을 올렸다. 머리 위에 도끼를 올려놓고 죽음을 각오한 직언이다.

남명은 추상 같은 목소리로 권력을 비판했다. 이미 마음은 남쪽 바다로 날아갔으니 두려울 것이 없었다. 주위에 선비들이 모여들었다. 물고기가 물을 찾듯, 그는 숨 막히는 현실에 지친 당대 지식인들에게 산소와 물 같은 존재가 되어 존경을 받는다. 동갑내기 이황이 성리학의 관념 철학으로 깊이 들어갈 때, 그는 원시 유학의 실천 철학을 내세웠다. 경상도에 퇴계파와 더불어 남명파가 형성됐다.

백범 김구는 해방 정국에서 타계할 때까지 변함없는 '선비 정신'으로 민족의 자존감을 높여주었다. 백범은 사심이 없었다. 백범은 임시정부 시절에도 정부의 문지기가 되려는 자세로 일했으며, 광복 이후에는 조국의 분단을 극복하기 위해 노력하다 숨졌다.

김구의 호 백범은 백성과 범부처럼 낮고 가난한 자들을 가리킨다. 그런데 우리는 백범을 흰 호랑이로 부르고 싶다. 김구 서거 이후 우리 역사는 분단과 전쟁으로 이어지는 행로를 밟게 된다. 선비 정신이 사라진 남과 북은 아수라장이었다.

이봉창 의사는 김구를 만났을 때, 자신의 거사를 지원하는 자금을 받으면서 백범의 선비 정신과 바다보다 넓은 마음 그릇을 보았다. 이봉창이 일왕 암살이라는 거대한 계획을 실천한 이유도 백범의 사심 없음에 대한 충성심 때문이었다.

그는 세상에 태어나 백범 같은 인물을 만난 것을 자랑스럽게 여겼다. 당시 백범은 걸인이나 걸칠 만한 다 해진 옷 주머니에서 거액의 돈을 꺼내 이봉창에게 건넸다. 이봉창은 당시 백범이 운영하고 있던 민단 사무실의 직원들이 밥을 굶고 있다는 것을 두 눈으로 봐서 알고 있었다.

그리고 만약 자신이 그 돈을 유용하더라도 백범은 프랑스 조계지에서 일제의 감시를 받고 있기 때문에 꼼짝 못한다는 것을 알고 있었다. 그 순간 이봉창은 백범의 큰 그릇을 알아보았다. 또한 자신을 믿고 큰돈을 맡긴 백범의 대범한 인물됨을.

김구는 개인의 영광이나 보상 대신 민족의 고통과 걱정거리를 덜어주는 삶을 살았다. 이익을 탐하지 않을 때 사람은 하늘이 된다. 김구는 하늘 같은 사람이었다. 그가 소인배의 흉탄에 쓰러졌을 때 경교장 집무실에서 쓰고 있던 휘호는 다름 아닌 사무사思無邪였다. '사사로움을 챙기지 않는다'는 휘호에는 아직까지도 선생의 핏자국이 선명하게 묻어 있다.

사무사의 마음은 흉탄을 맞았다. 그 흉탄이 지금까지 이어지고 있는지도 모른다. 김구는 항일저항기부터 수없이 목숨의 위협을 받았다. 백척간두의 삶이었다. 하지만 김구는 그 길을 간다. 알면서 가는 길, 그것이 김구의 남다른 점이다.

다음은 백범이 1948년 안중근 의거 기념일에 쓴 시다. 선생의 휘호로 유명한 이 시는 우리들에게 백범의 정신을 오롯이 남기고 있다.

눈 덮인 들판을 걸어갈 때
함부로 어지럽게 걷지 말지어다
오늘 내가 디딘 발자국은
언젠가 뒷사람의 길이 되느니라

　―김구, 도진순 편역, 『쉽게 읽는 백범일지』(돌베개, 2005)

　선비는 자신의 발자국을 걱정하는 사람들이다. 앞만 보고 달리기보다는 그 길이 어디를 향해 가고 있는지 되짚어본다. 이러한 정신이 관통하는 삶은 뒷사람에게 바로 갈 길을 제시하는 이정표가 된다. 이정표가 없는 시대는 불우하다. 왕조는 멸망하고, 사조는 스러지고, 시대는 종말을 고한다.

　우리는 지금 어떤 발자국을 찍고 있는가? 민족의 거대한 움직임은 우리의 작은 발자국들이 모여 에너지를 얻는다. 시내가 없다면 강도 바다도 없다. 힘내자, 지금 내 발자국을 다시 한 번 살펴보자.

협객과 유협 정신

「유협 열전」

사마천은 유협遊俠이란 이름으로 세상에 족적을 남긴 인물들을 소개한다. 유협은 협객俠客으로도 불리는데, 이른바 사나이다운 기질과 신의가 있는 사람을 가리키는 말이다. 사마천은 유협을 두 부류로 나누면서 '정의正義'라는 기준을 적용했다. 한 부류는 권력에 빌붙어서 개인의 이익을 취하는 자이고, 또 한 부류는 친구를 위해 목숨을 바치고 위험에 빠진 약한 자를 구하는 정의로운 자다. 전자는 개인의 이익을 탐하는 소인배이고, 후자는 군자의 품격을 유지한다.

하지만 고대의 국가 통치 이념이었던 유가에서는 유협의 세계를 인정하지 않았다. 공부한 선비들이 임금의 재가를 받아 인과 덕으로 통치하는, 문文을 숭상하는 유가의 입장에서는 충분히 그럴 만했다. 더욱이 유가에서는 문과 무의 반열에 들지 않는 자라면 정의로운 행동을 해도 기록하지도 평가하지도 않았다. 이들은 주변부 인물일 뿐이다. 그래서 더 매력이 있다.

당대의 중심부에 있는 권력자들은 정의로운 유협의 세계를 원하지 않았을 것이다. 정의로운 세계의 건설은 명분상 자신들이 해야 하는 일이었기 때문이다. 유협이 활동하는 세상을 받아들일 수 없었던 것이다. 만약 민중이 유협을 지지하기라도 하면 정권 유지가 어려울 수도 있기 때문에 왕권은 유협을 철저히 배척한다. 그래서 유협 같은 주변부 존재를 인정하는 자유인의 시각은 유가들의 비판 대상이 되기도 한다.

그러나 사마천은 전통적인 유가의 해석에서 벗어나 유협의 세계에 다가간다. 한나라의 신하로서 국가가 정의를 실현해야 한다는 대명제에는 동의했지만, 유협의 존재를 무시하지 않았다. 유가든 묵가든 한비자든 간에 의를 행하고 인을 가슴에 품은 인간의 '본질'을 보고 싶었기 때문이다.

물론 사마천이 유협의 세계를 다룬 데는 궁형을 당한 자신의 불우했던 경험도 한몫했을 것이다. 사마천은 중심에서 밀려나 변방을 떠도는 이의 외로움과 고독을 누구보다 잘 알고 있었다. 이런 공감의 정서야말로 명분에서 벗어나 자유로운 인간으로서 역사를 기록할 수 있는 원동력이었다.

다만, 사마천은 "유자는 문으로 법을 어지럽히고, 협객은 무로써 금령을 범한다"는 한비자의 말을 인용해 정의에서 벗어난 선비는 물론 협객도 비판하는 균형 감각을 유지했다. '배운 것'들은 글로써 사회정의와 법을 어기면서 교묘하게 살아가고, 힘을 쓰는 자들은 주먹이나 칼을 들고 범법 행위를 한다고 일갈한 것이다.

사마천은 한나라 시대의 주가, 전중, 왕맹, 극맹, 곽해와 같은 인물들을 「유협 열전」에 올렸다. 이들이 당시 국법에 어긋나는 행동을 하기도 했으나, 개인의 품위와 덕망, 청렴, 겸양의 덕목이란 차원에서 보면 많은 선비들과 백성들의 존경을 받았다고 기록한다. 돈으로 가난한 사람을 부리고, 문벌이나 패거리의 힘으로 약자를 괴롭히고 억누르며, 자신의 욕망을 만족시키기 위해 제멋대로 행동하는 따위의 인간들은 유협의 무리에게 수치였다.

주가와 곽해

주가는 노나라 협객으로 당대 유명 인사였다. 그가 구해준 사람들은 호걸만 수백 명이고 일반 백성은 그 수를 헤아리기가 어려웠다. 그럼에도 주가는 이를 지지 기반으로 삼아 명예나 권력을 탐하지 않았다. 군사를 일으켜 정부를 전복할 생각도 하지 않았다. 오로지 조용히 숨어서 정의를 실천했다.

주가는 청빈한 생활을 하면서도 타인의 고통을 자신의 고통으로 생각했고 자신의 일보다 먼저 다른 사람의 위급함을 생각했으니, 힘이 있다고 사람에게 군림하려는 소인배의 행동을 하지 않았다.

사마천은 주가가 계포 장군을 위험에서 구해주었지만, 그것을 내세우지 않았고 심지어 나중에 계포 장군이 은혜를 갚으려 해도 만나지 않았다고 기술하면서 이런 인품 덕분에 자신이 살던 지역 사람들에게 가슴에서 우러나는 존경을 받았다고 했다. 이처럼 「유협 열전」의 인물들은 자신의 덕행뿐 아니라 존재 자체를 잘 드러내지 않았다.

주가의 뒤를 잇는 극맹과 왕맹 역시 협객으로 이름을 날렸지만, 사마천이 더 주목한 인물은 곽해다. 곽해의 아버지는 협객이었는데 한문제 시대에 처형당했다. 곽해 역시 인생 초반에는 그저 건달로 살았다.

곽해는 젊은 시절엔 심성이 잔인해 일이 뜻대로 되지 않으면 살인을 서슴지 않았으며 법을 어기고 강도질을 하고 도굴을 해서 재산을 모으기도 했지만, 자기 몸을 던져 친구의 원수도 갚아주고 망명한 사람들을 여러 번 숨겨주었다. 나이를 먹으면서 협객의 면모를 갖췄다. 꽃이 피고 지는 때가 있듯, 인간으로서 철이 든 것이다.

사마천에 따르면, 곽해는 자기에게 불만을 가진 사람을 해하지 않고 이를 덕으로 갚았다. 또한 남에게 큰 은혜를 베풀되 다른 사람이 자기에게 보답하기를 바라지 않았다. 사람의 목숨을 구해주고도 그 공을 자랑하지 않았다고 한다.

사마천은 곽해의 모습이 보통 사람보다 못하고, 말솜씨도 보잘것없었다고 기억한다. 하지만 천하의 인물들이 곽해의 명성을 사모했고, 협객의 대표적인 인물로 그의 이름을 말했다고 한다. 이러한 곽해 역시 말년에는 일족이 몰살을 당했는데, 사마천은 이를 애석하게 여겼다.

곽해는 겸손하고 공정했다. 이런 일화가 있다. 곽해의 조카가 삼촌의 위세를 믿고 술을 마시다가 상대방의 명예를 무시하는 행동을 했다. 화가 난 상대방이 곽해의 조카를 죽이고 달아났다. 곽해는 이 이야기를 듣고도 아무런 조치도 취하지 않았다. 그러자 화가 난 곽해의 누나가 길거리에 아들의 시신을 두고 동생이 아들의 원수를 갚아주지 않음을 원망하며 장사도 지내지 않았다. 협객이 조카의 원수도 갚아주지 않는다고 떼를 썼다.

곽해는 은밀히 범인이 누구인지 알아냈다. 결국 범인은 스스로 곽해를 찾아와 자초지종을 말하고 처분을 기다렸다. 요즘으로 치자면 전국 최대의 조직폭력배 우두머리에게 찾아가는 심정이었을 것이다. 하지만 곽해는 조용히 그의 말을 다 듣고는 조카의 잘못을 인정하고 조카의 죽음은 당연한 것이라며 범인을 풀어주었다. 또한 자신에게 무례하게 구는 동네 건달에게 몰래 선행을 베풀어 나중에 그 사실을 알고 찾아온 건달이 울면서 용서를 빌기도 했다.

법관이나 정치인들처럼 공직에 있는 자들이 권력을 이용하여 자신에게 작은 잘못을 한 사람들을 '괘씸죄'로 이런저런 꼬투리를 잡아 보복하는 세상이다. 하물며 유협이라는 그늘진 세계에서 그런 마음을 먹는다면 얼마든지 보복할 수 있었음에도 곽해는 정의롭게 행동했다.

곽해는 서로 원수처럼 지내는 낙양 사람들을 중재하기도 했다. 곽해는 그 고을의 명망가들이 서로 화해하려다가 실패한 일을 간단하게 해결했지만, 결코 자신을 내세우지 않았다. 오히려 지역 유지들의 힘으로 중재가 성공했다고 말하라고 그들에게 부탁했다. 그 고을에 사는 인물들의 권위를 살려주고 자신은 그림자처럼 숨었다. 이런 배려가 바로 대인의 풍모다.

곽해의 이러한 처신이 소문이 나서 황제까지도 그를 알게 되었다. 한무제가 지방의 부호들과 호족들을 무릉으로 이주시

키려고 했을 때, 곽해도 부자는 아니었지만 명성이 높아서 그 대상에 포함되었다. 가난했던 곽해에게 그 상황은 버거운 것이었지만, 전송해주는 사람들이 걷어준 전별금이 천여 만 전이나 되었다. 곽해는 그야말로 당대의 숨어 있는 영웅이었던 것이다.

의리를 지키는 삶

한국 근대사에서 유협의 세계는 김구 선생의 『백범일지』에서 찾아볼 수 있다. 김구 선생은 혈기 왕성하던 시절, 힘없는 조국의 현실에 통분해 일본 순사를 맨손으로 처단한다. 유협의 행동이다. 이 사건으로 옥살이를 하게 된 김구 선생은 옥중에서 만난 사람을 통해 도적의 역사에 대해 듣게 된다.

조선 시대 이후 도적의 계파와 시원은 이성계가 조선을 건국했을 때, 두문동칠십이현과 같이 고려 왕조에 충성하고 새 왕조에 협조하지 않은 지사들이 비밀리에 연락하여 동지를 모은 데서 시작한다. 가난한 백성을 구제한다는 명분을 내세운 이들은, 새 왕조에 대한 반발심이 매우 강하여 스스로 지하로 숨어든 존재였다.

고려에 시원을 둔 조선의 도적 계보에 따르면, 강원도에 근

거를 둔 기관은 목단설이라 하고, 삼남에 있는 기관은 추설이
라고 했다. 북대는 무식한 자들이 임시로 작당하여 민가를 털
고 약탈하는 자들을 가리킨다.

목단설과 추설은 서로 동지이지만, 북대는 인정받지 못했
고 발견되면 사형을 당했다. 목단설과 추설의 최고 수령을 '노
사장'이라고 했고, 그 아래 총무 일을 수행하는 자와 각 지방
의 주관자를 '유사'라고 불렀다. 이 조직 계보가 이름만 바뀌
어 현대에까지 이어지고 있는지도 모른다.

일제강점기의 유협은 김두한이 아닐까. 김좌진 장군의 아
들인 그는 안동 김씨의 자부심을 가지고 종로통 상인들의 유
협으로 활약한 '야인 시대'의 대표적인 인물이다. 나라가 어지
러울 때 유협은 빛을 발한다. 일제강점기는 혼란과 좌절의 시
기였다. 이 시절에 진짜 유협은 일제에 대항하면서 혜성처럼
떠올랐다. 하지만 광복이 되자 유협의 세계는 정부의 공권력
에 의해 서서히 무너져 내렸다. 이제 그들의 역할을 정부나 다
른 기관이 대신한다.

다년간 한국의 '주먹'을 취재해 주먹 세계에 정통한 조성식
기자는 『대한민국 주먹을 말하다』라는 책에서 야인 시대의 주
인공으로 김두한, 시라소니(이성순), 이정재, 이화룡을 거론한
다. 그에 따르면, 1950년대 서울 주먹계를 좌지우지하고 있었

던 이들 네 명 중 김두한은 실력으로나 명성으로나 한국 최고의 주먹이었다. 그러나 정치 활동을 하면서 조직이 거의 무너졌고, 그를 따르던 조직원들도 흩어졌다.

조직에서는 자유당 정권을 등에 업은 이정재의 화랑동지회(혹은 동대문사단)가 가장 힘이 셌는데, 이정재 세력이 커지면서 김두한의 주먹계 입지가 매우 좁아졌다고 한다. 이정재가 동대문시장을 발판으로 종로와 광화문, 서대문 일대까지 장악하자 김두한은 갈 곳이 없어졌다.

유협의 세계에서 정치인으로 입문한 국회의원 김두한은 이승만 정권의 썩어빠진 국회에 똥물을 뿌린 시원한 퍼포먼스로도 유명하다. 그가 부패한 정치인들의 행태를 참지 못하고 분통이 터져 똥물을 뿌린 행위는 의협심에서 비롯됐다. 이 김두한 사건은 유협이 불우한 시대의 정치인이 되면 어떻게 변화하는지를 보여주는 우리 국회 의정사의 한 장면이기도 하다.

남자의 유협 정신

우리 시대의 유협 '배추 방동규' 선생을 만났다. 선생은 칠순을 훌쩍 넘기고 이제 팔순을 바라보고 있다. 선생에게 들은 말 중에 가장 기억에 남는 것은 "나는 남들 위에 군림하려는 사람이

제일 싫다"였다. 자신보다 약한 자를 보살펴주고, 가난한 사람을 도와주는 의기가 있는, 방배추는 그런 주먹이었다. 마음만 먹었다면 주먹으로 한 재산 모을 수도 있었지만, 그에게 들어오는 여러 가지 이권은 냄새가 나서 아예 거들떠보지도 않았다. 전두환 정권 초기에는 심복이 되라는 제안도 거절했다. 그러자 혹독한 고문을 받기도 했다.

전성기 시절에 '배추의 싸움은 시시하다'라는 말을 들었다. 배추가 주먹을 한번 대면 상대방이 쓰러지기 때문에 드라마틱한 싸움 장면이 연출되지 않는다. 방배추의 전설적인 싸움 중에 '17대 1의 전설'이 있다. 방배추가 을지로 어딘가에서 싸움꾼 열일곱 명을 때려 눕혔다는 이야기다. 그 이후로 주먹 좀 쓴다는 이들의 허세가 바로 '나 열일곱 명과 붙었다'는 무용담이다.

이 '사건'을 방배추 선생에게 물었더니 허허 웃으시면서 "그때, 내가 졌다"고 대답한다. 운이 좋아서 죽다가 살아났다고 한다. 일반인이 아닌 전문 싸움꾼 열일곱 명을 이길 수는 없다고 단언했다. 다 죽을 뻔했는데 마침 그 자리를 지나가던 경찰에게 구출되었다고 한다.

방배추는 이제 주먹을 쓰는 사람이 아니지만, 그는 몸의 소중함과 경건함을 잘 아는 유협 정신을 가지고 있었다. 유협 정신의 뿌리는 건강한 몸과 근력이다. 방배추는 노인이 된 지금도 바디빌더가 되어 몸을 다듬고 근력을 기르고 있다. 방배추의 근력이 일반인과 다른 것은 그 근육의 결에 노동이 스며 있고 협객의 피가 흐르기 때문이다. 단지 주먹을 쓰기 위해서가 아니라 나보다 못한 사람을 보살피는 건강한 마음과 행동을 위해서다. 남자로 태어나서 호기롭게 살고 싶다는 방배추와 같은 인생도 참 괜찮지 않은가.

'주먹'들끼리 겨루는 모양도 우리 현대사와 밀접한 관계가 있다. 전쟁 이전에는 일대일로 골목길에서 주먹으로만 결투를 하는 게 관행이었다. 한국전쟁이 끝나자 그 폐허 위에 미국 자본주의가 본격적으로 들어오고, 어떻게 하든 이겨야 한다, 돈을 벌어야 한다는 의식이 팽배하게 된다. 싸움도 마찬가지다.

미국의 대통령이 주한 미군을 위문하러 온 어느 해, 크리스마스 저녁이었다. 이때 등장한 것이 일명 '다구리'다. 다구리는 한 사람에게 여러 명의 깡패들이 개떼처럼 달려드는 주먹들을 말한다. 다구리와 더불어 '사시미' 같은 '연장'이 전후에 등장한다. 한국전쟁이 한국 유협의 전통을 끊어버린다. 의리와 정신보다는 돈과 이권이다. 정치권력과 재벌의 하수인이 되어 유협 정신이 실종된다.

최첨단 산업과 자본이 움직이는 세상, 사내의 근육이나 결기는 땡전 한 푼 정도로 취급되는 21세기, 이곳에서 남자의 유협 정신이 무엇인지 모르겠다. 맹수와 같은 사내들이 점점 사라지고 있다. 전통적인 유협들은 자신의 활동 반경에 분명한 선을 그었다. 사마천이 말하는 유협은 자신을 잘 드러내지 않는 존재다. 그들은 방배추 선생처럼 조용히 은둔자의 생활을 했는지도 모른다. 하지만 오늘날의 주먹은 그렇지 않다. 룸살롱이나 음식점 같은 유흥업소의 자잘한 이권을 두고 칼부림을 하거나, 소영웅주의에 빠진 조무래기 주먹들이 되어 수사기관의 실적 올리기에 도움을 준다.

힘깨나 쓴다는 주먹들은 대개 사업가의 명함을 가지고 다닌다. 자신의 완력을 이용하여 비열한 방법으로 합법적인 사업을 하고 전쟁 준비하는 군대처럼 조직을 운영한다. 사업 분야도 다양하고 일부 주먹들은 사회봉사 활동까지 한다고 한다(과거에는 의협심을 발휘하여 일본의 독도 침탈에 항거해 안중근 의사처럼 단지 시위를 벌인 주먹들도 있었다).

고대의 유협들이 이렇게 달라진 오늘날의 주먹들을 보고 어떻게 평가할지 모르겠다. 물론 고대의 유협들처럼 자신의 이름을 숨기고 행동하는 '정의로운 자'도 있을 것이다. 어두운 골목길에서 힘없고 가난한 자를 위해 홍길동처럼 움직이는 자들 말이다.

이름을 남기지 않고 의를 행하는 자 유협이라 했으니, 어느 추운 겨울날 골목길에서 한 여성을 추행하려던 양아치를 물리치고 사라진 사나이도 유협이라 할 만하다. 그림자처럼 조용히 살고 있는 의리파 사나이들이여, 멋진 당신의 이름을 알고 싶다.

세상을
따라간
남자들

장군의 삶과 폭력의 허무함

「백기·왕전 열전」

위대한 장군들의 후광은 죽음의 그림자를 드리운다. 그 깊은 그림자에 새겨진 이름은 찬란하지만 전사자들의 울음소리가 스며 있다. 사마천의 『사기 열전』에 기록된 장군들 중에서 백기와 왕전은 모두 중국 대륙을 최초로 통일한 진나라의 장수들이다. 백기는 진나라 소왕과 함께 했고, 왕전은 시황제를 도와 천하 통일에 공로가 컸다. 당시는 전쟁의 시대였기 때문에 왕전의 위상은 국가 제이인자였고 시황제는 그를 스승으로 생각했다.

이 두 장군의 인생을 이야기하면서 사마천은 그들에 대한 평가를 부정적으로 내린다. 죄를 지으면 벌을 받는다는 논조 하에 백기는 말년에 자결을 해야 했고, 왕전은 시황제의 비위를 잘 맞추어 자신은 무난하게 살았지만 황제가 인의의 정치를 하도록 보필하지 않아 결국 손자가 초나라 항우에게 붙잡히는 고난을 겪었다고 서술한다. 진나라도 천하를 통일했지만 시황제 아들 대에 항우와 유방이라는 시대의 영웅이 태어나 결국 멸망하고 한나라가 천하를 제패한다.

한나라의 신하였던 사마천은 진나라 장수를 다루면서 사료를 중심으로 객관적인 사관의 자세는 유지했지만, 이들의 삶을 통해 자신의 정치적 소신인 '폭력 정치에 대한 반대' 입장을 우회적으로 드러낸다.

또한 진나라의 두 장군을 통해 폭력의 허무함과 죄를 지으면 벌을 받는다는 단순한 인과응보의 이치를 강조하지만, 왠지 그 말은 고개를 갸우뚱하게 만든다. 한나라를 포함하여 전쟁을 치르지 않은 나라가 없고, 이후 세계 전쟁사에 이러한 일이 동서양을 막론하고 반복되었기 때문이다.

사마천이 백기와 왕전을 통해서 하고 싶은 말은 과연 무엇이었을까. 그들의 불우한 삶을 통해 전쟁에 의한 폭력 정치는 더 이상 안 된다는 신념과 더불어 인과응보의 이치를 알려주고 있다. 국가를 위해 자신의 소임을 다하는 장군의 모습은 결국 사람을 살리는 자의 길을 걸어가야 된다. 칼날 위에 생을 사는 장군은 근본적으로 고독하고 외로운 존재다.

하늘에 죄를 지은 백기

춘추 전국 시대의 전쟁은 엽기적으로 잔혹했다. 전사한 군인의 육체는 숫자로 셀 수 있을망정 그 영혼의 무게는 하늘조차도 감당하기 힘들다. 사람의 죽음을 숫자로 파악한다는 것은 무참한 일이다. 비행기 사고로 80명 사망, 대지진으로 24만 명 사망. 개인의 얼굴과 몸, 그리고 영혼과 삶이 사라지고 숫자만 남는다. 그것은 사람의 주검만을 이야기하기에 그 사람의 이름을 지워버린다. 또한 한 사람의 죽음은 그 한 사람만의 것이 아니다. 그의 가족과 친구들까지 생각한다면 그토록 많은 인명을 살상한 장군의 이름이 과연 아름답기만 할까? 시대를 불문하고, 어떠한 일이 있어도 전쟁만은 막아야 한다는 신념은 지켜져야 한다.

전국 시대 진나라 장군 백기는 소왕 때 대량조라는 큰 벼슬까지 지낸 전쟁 영웅이다. 병사를 다루는 데 뛰어난 백기는 불패의 군대를 이끌고 전국 시대의 한나라, 초나라, 위나라 등 이웃 나라를 휩쓸었다. 이웃 나라들은 그의 이름만 들어도 벌벌 떨었다.

소왕 13년에 처음 출정한 백기의 전쟁 이력은 30년 넘게 이어진다. 소왕 34년에는 위나라 화양을 함락시키고 적병 13만 명의 목을 베었고, 초나라와의 전투에서는 2만여 명을 황하에 빠트려 죽이고, 소왕 43년에는 한나라를 공격하여 5만여 명의 목을 베었다고 기록되어 있다.

사마천은 이들의 불우한 삶을 통해서 이러한 전공은 진나라 시황제가 영토 확장에 이어 천하 통일을 이루는 데 디딤돌이 되었지만, 인간 생명에 대한 존중이 없는 전공은 무자비한 살육에 지나지 않는다는 것을 이야기한다.

춘추 시대에 공자가 군주의 인과 덕을 강조하면서 자신의 이상을 펼치려 한 모든 노력은 이러한 폭력 앞에서 좌절되었다. 군주의 뜻과 장군의 칼이 만나면 선비의 인과 덕은 무너져 내린다. 다른 한편, 군대의 지휘권을 가진 장군은 군주의 입장에서 보면 자신의 권력을 노리는 가장 위험한 존재이기도 하다. 그래서 권력을 획득한 군주는 뛰어난 장수를 토사구팽 한다.

먹잇감을 사냥하는 사나운 사냥개로 부려먹다 적당한 때가 되면 내치는 일은 고금을 막론하고 비일비재하다. 적군을 사납게 물어버리는 사냥개가 언젠가 자신을 물어버릴지도 모른다는 두려움과, 결코 나눠 갖고 싶지 않은 권력의 속성이 제왕으로 하여금 뛰어난 장수를 두려워하게 한다. 백기 이후 뛰어난 장군들은 군주에게 배신당하는 비슷한 운명의 길을 걸었다. 인과응보, 그 단초가 바로 명분에서 벗어난 무자비한 살육이라고 사마천은 백기를 통해 설파한다.

진나라 소왕 26년 진나라가 한나라를 공격할 때, 한나라 상당에 사는 백성들이 진나라 군사를 두려워하여 조나라로 피신한다. 조나라는 진나라를 치고 상당의 백성들을 보호해주었다. 조나라를 공략하기 위해 진나라가 다시 군사를 일으켜 공격하지만, 조나라의 염파 장군이 성벽을 쌓고 대적한다.

조나라 염파는 진나라의 거센 공세에 지연 전술로 맞섰다. 이때 훗날 백기의 정치적 라이벌이 되는 진나라 재상 응후가 조나라에 사람을 보내 이간책을 쓴다. 진나라의 간계에 넘어간 조나라 조정은 염파 대신에 성격이 급한 조괄을 장군으로 임명한다.

진나라는 다시 백기를 대장군으로, 왕홀을 부장으로 삼아 군대를 동원해 조나라를 공격한다. 조나라의 조괄은 성급하게 군대를 이끌고 나왔다가 백기에게 대패한다. 이때의 전황은 끔찍하다. 40만 명을 생매장한 이 끔찍한 전투의 후일담을 적으면서 사마천은 백기가 하늘에 죄를 지었다고 서술한다. 하늘에 무거운 죄를 지으면 벌을 받는다.

백기의 출세 가도를 질투한 재상 응후가 불화살처럼 날아가는 백기의 군대에 제동을 걸었다. 응후는 왕에게 진나라 군사는 잦은 전쟁으로 지쳤으니 화친을 맺어 군사를 잠시 쉬게 하라고 간언한다. 왕이 응후의 말을 받아들임으로써 백기는 칼을 잠시 손에서 놓는다. 이 일로 백기와 재상 응후 사이가 벌어진다. 그 벌어진 틈으로 죽음의 그림자가 스민다.

진나라는 다시 조나라 한단을 공격했다. 이때 병든 백기는 전쟁에 나갈 수 없었다. 진나라 왕릉 장군이 이끄는 군대는 장수 다섯을 잃는 등 고전을 면치 못했다. 그 사이 백기가 병에서 회복하자 왕은 왕릉 대신에 백기를 장군으로 삼으려 한다.

백기는 여러 불리한 전황을 들어 한단을 공격하지 말 것을 청한다. 백기는 군대의 진퇴, 즉 나아갈 때와 물러날 때를 아는 명장이었다. 하지만 정복욕에 눈먼 왕은 백기에게 계속 출전 명령을 내렸다. 백기는 이길 수 없는 전쟁이라 말하고 일부러 병든 척하면서 왕의 명령을 듣지 않았다.

결국 백기의 예상대로 진나라는 수많은 전사자를 내고 대패한다. 이때 백기가 말실수를 한다. 왕이 자신의 말을 듣지 않아 이런 지경에 이른 것이라고 나오는 대로 말해버린 것이다. 세치 혀에서 나온 한마디의 말에 진나라 영웅이 삶과 죽음의 갈림길에 선다.

왕이 이 말을 듣고 진노한 것은 당연하다. 이 말은 최고 권력에 대한 도전이다. 백기는 전쟁 영웅일지 모르나 정치인은 아니었다. 전쟁터에서 적군을 죽이는 법은 알고 있었지만, 인생을 살아가는 법은 알지 못했다.

그럼에도 워낙 뛰어난 장수인지라 왕은 모멸감을 느끼면서도 백기를 다시 한 번 전쟁터에 내보내려 했다. 하지만 백기는 병이 위독하다는 핑계를 대고 명을 받들지 않았다. 왕은 더 참지 못하고 백기의 모든 관직을 박탈하고 병졸로 만들어버렸다.

조나라의 공세에 진나라는 더욱 위급한 상황에 처했다. 이때 백기의 라이벌이던 재상 응후와 다른 신하들이 나라가 위급한데도 장수의 임무를 다하지 않은 백기를 탄핵했다. 왕은 곧 사자에게 칼을 쥐어주고 백기에게 보냈다. 왕이 내린 칼로 자신의 목을 찌르기 전 백기는 하늘에 죄를 지었음을, 장평 싸움에서 항복한 조나라 군사 수십만 명을 산채로 묻었음을 생각하고 죽음을 받아들인다.

백기는 이렇게 스스로 장수의 삶을 마감했다. 백기의 죽음은 하늘이 내린 것이라기보다 스스로 선택한 길이다. 그 순간에 자신이 살상한 무수한 인간의 혼과 넋을 보았다. 더군다나 백기는 왕의 권위에 도전했다.

이것은 삶의 전쟁터에서 죽는 길이다. 설령 백기가 수백만 명을 죽였다 하더라도 그런 이유로 왕에게 죽음을 당하지는 않는다. 오히려 더 큰 상을 받았을 것이다. 하지만 천하의 백기도 하늘에서 내리는 벌은 어쩔 수 없었다. 자신에게 다가온 죽음의 순간에 그는 타인의 죽음을 비로소 보게 된다.

백기와는 다른 왕전의 처신

선배 장군인 백기의 이러한 사정을 알고 있었는지 모르지만, 왕전은 왕에 대한 처신이 달랐다. 진나라 시황제라는 무시무시한 권력자 밑에서 왕전은 백기와 같은 공을 세우고도 천수를 다하고 죽었다. 그는 어떻게 살아남았을까? 그것도 진나라 소왕보다 수십 배는 강력한 권력자인 시황제 밑에서 말이다.

진나라가 전국 시대를 평정하고 제국을 세우는 데 왕전은 혁혁한 공을 세웠다. 그는 조나라 왕을 항복시키고, 조나라 땅을 평정해 진나라에 복속시켰다. 아울러 그해 연나라가 형가를 보내 시황제를 죽이려 하자 왕전은 연나라를 공격해 평정하는 공을 세웠다. 왕전의 아들인 왕분 역시 용맹스러운 장수로 위나라의 항복을 받아낸다.

진나라의 시황제는 왕전과 당시 떠오르는 신예 장수 이신에게 초나라를 공략하는 데 군사가 얼마나 필요하냐고 물었다. 이신은 20만 명, 왕전은 60만 명이 필요하다고 했다. 왕은 '경제적인' 전망을 내놓은 이신을 발탁했다. 이신은 초나라를 공격하기 위해 떠났고, 왕전은 자신의 뜻이 좌절되자 병을 핑계로 숨어 살았다. 왕전의 예견대로 이신은 대패했다.

다급해진 진나라 시황제는 버선발로 왕전에게 뛰어갔다. 왕전은 백기와 달리 삶의 전쟁터에서 살아남는 법을 아는 장군이었다. 왕은 장군에게 간절하게 부탁했고, 왕전은 마지못해 응하는 척하면서 결국 군사 60만 명을 취한다.

왕전은 60만 대군을 이끄는 장수가 됐다. 이것은 황제가 가지고 있는 모든 군대를 이끄는 것을 의미한다. 자신의 권력을 한 손에 쥐고 떠나는 왕전, 군대 없는 황제는 추수 끝난 논바닥 같은 빈 자리일 뿐이다. 시황제는 왕전을 보면서 어떤 생각을 했을까. 권력자의 눈에 그는 매우 자랑스럽지만 불안한 존재이기도 했다. 시황제는 몸소 왕전을 전송했다.

이때 왕전은 전장으로 가면서 훌륭한 논밭과 택지, 정원과 연못을 내려달라고 요청했다. 왕전은 시황제를 누구보다 잘 알고 있었다. 포악한 성격의 시황제는 다른 사람을 믿지 않는다. 하지만 지금은 자신을 믿고 대군을 맡겼다. 이때 권력에 아무런 뜻이 없다는 걸 각인시키지 않으면 살아남기 힘들다. 왕전에겐 이런 계산이 있었던 것이다. 적군보다 더 무서운 사람이 바로 왕이다. 그는 권력에 눈이 머는 것을 경계하고 있었다.

뛰어난 장수로서 적을 대적하는 것보다 군주를 모시는 것이 더 어려운 일이다. 그는 전쟁터에서도 다섯 차례나 사람을 보내 재산을 달라고 요구했다. 자신은 재산이 있으면 아무런 사심 없이 살아갈 사람이라는 것을 계속 확인시켜준 것이다. 시황제는 자기가 보기에는 쌀 한 톨에 불과한 재산을 원하는 대장군의 모습을 보고 실소를 금치 못하면서 그에 대한 경계를 풀었다.

이런 그를 지켜보던 부하가 "대장군으로서 너무 심하게 요청하는 것 아니냐"고 말했다. 대장군이 채신머리없이 무슨 짓이냐는 얘기였을 터. 왕전은 그 사람에게 자신이 재산에만 관심을 보임으로써 왕의 의심에서 벗어나고자 하는, 그래서 권력의 안전지대에서 살고 싶다는 본심을 털어놓았다. 전쟁터에서 늘 생사를 목전에 두고 살았던 왕전은 안락한 궁궐에서 '가만히 앉아' 있는 자의 마음을 잘 알고 있었다. 고여 있는 물이 썩는 것처럼 가만히 앉아 이런저런 생각을 하면 의심이 늘어나는 법이다.

왕전은 이신을 대신해 초나라를 공격한다. 왕전의 전략대로 전쟁이 성공적으로 끝났다. 왕전은 초나라를 정복해 왕 부추負芻를 사로잡았다. 이를 발판으로 남쪽 백월의 군주도 정복했다. 그리고 왕전의 아들 왕분이 이신과 함께 연나라와 제나라 땅을 평정했다.

더불어 시황제에게 자신은 권력에 아무런 뜻이 없음을 확인시킨 덕분에 왕전은 한 재산 챙겨서 편안한 말년을 보내고 천수를 누렸다. 시황제는 재위 26년에 중국을 통일했다. 이때 왕전과 그 아들의 공로가 단연 돋보였다. 왕전 부자의 명성은 후세까지 계속됐다. 그러나 왕전 역시 3대에 가서는 손자 왕이가 항우의 손에 사로잡힌다. 왕전 당대에는 죽음을 면했으나 3대째에는 하늘의 벌을 받은 셈이다.

왕전은 편안한 삶을 보냈고 시황제가 스승으로 받들게 했지만, 일신의 안일함만 추구했을 뿐 시황제를 보필해서 덕을 세워 올바른 정치를 펼치지는 못했다. 사마천은 이러한 행위를 "그럭저럭 아첨하여 편하게 있을 곳을 구하다가 늙어서 죽음에 이른 것"이라고 했다. 이것이 바로 3대에 가서 손자가 항우에게 변을 당하는 이유다.

사마천은 두 장군을 평가하면서 아무리 긴 것도 짧은 것이 있고 짧은 것 역시 긴 것이 있다고 전제한 후, 그들의 근본적인 죄악은 전쟁에서 자행한 살상이라고 지적한다. 그것이 그들의 단점이다. 전쟁터에서 비록 명성을 날렸지만 무자비한 살상 때문에 불우해졌다. 이런 점에서 사마천은 진나라의 위대한 두 장군을 비판적으로 바라보았다. 폭력과 전쟁의 정치를 멀리하라는 경고다.

덕과 인으로 국가를 통치해야 한다고 믿는 선비의 관점으로 역사를 기록하면서 사마천은 인간의 죄와 벌을 손바닥 위에 놓고 바라보았다. 그는 당대가 지난 다음 후세의 일도 아마 보았을 것이다. 우리가 사마천을 읽고 있을 것을 예견했을 것이다.

전쟁터에서 살아남는 법

고대로부터 지금까지 지구상에서 전쟁은 계속 이어져왔다. 인간은 전쟁이라는 바다에 떠 있는 섬과 같은 존재다. 전쟁은 그 자체로 지적인 생명체처럼 움직인다. 마치 새로운 생명이 탄생하듯 전쟁은 죽음을 탄생시켰다. 인생이 삶과 죽음이라는 윤회의 수레바퀴를 돌리는 그 시간에 전쟁도 함께 '살아가고' 있다.

전쟁을 상징하는 것은 무엇일까? 우리나라에서 발견된 구석기 시대의 주먹도끼는 그 용도가 사냥용이었다. 무기는 진보한다. 돌에서 칼, 그리고 총으로 넘어온 전쟁의 역사를 보면 미래에는 레이저와 같은 새로운 무기가 출현할 것이다.

하지만 전쟁의 상징은 칼이다. 칼은 시와 많이 닮았다. 생긴 것도 그렇고. 칼은 인간의 양면을 날카롭게 버린다. 그것은 삶과 죽음, 약자와 강자, 폭력과 평화, 음과 양이다. 또한 칼은 사람을 살리기도 하고 죽이기도 한다. 이 양면성이 바로 전쟁이 가지고 있는 아이러니다.

우리 역사 속의 장군들을 살펴보면서 나는 백기와 왕전보다는 오히려 그 반대, 즉 살신성인의 모습을 한 장군을 떠올렸다. 외세를 막아내는 수성의 장군들, 무자비한 살육보다는 침략하는 외적을 막아내는 장군들이 우리 역사를 기록하고 있다. 이것이 진정한 장군의 길이다. 사람을 살리는 장군들이다.

전쟁은 '위대한' 장군을 탄생시킨다. 고구려의 광개토대왕은 전형적인 공격형 전투를 감행했다. 광개토대왕의 기상은 우리 민족의 기상을 호랑이로 이미지화한다. 왕이라기보다 장수의 이미지가 더 강하게 느껴지기도 한다. 광개토대왕이 활동했던 고구려 지도를 살펴보면 당대 동북아시아의 주도권을 쥔 한민족의 자부심이 느껴진다. 북으로 진출해 요동 지역을 확보함으로써 만주의 주인공으로 등장했다. 고구려 멸망 이후 다시는 이러한 전투를 볼 수 없다.

광화문의 이순신 장군 동상을 보라. 세계 해전사에서 이순신 장군의 위치는 독보적이다. 임진왜란 당시 해전에서 패배한 일본은 그때 이순신 장군에게서 배운 학익진 전법으로 제국주의 시대에 러시아 발트 함대를 격퇴한다.

당시 도고 헤이하치로 일본 함대 제독은 승리를 축하하는 기자들에게 자신을 영국의 넬슨 장군과 비교한다면 모르겠지만, 조선의 이순신 장군과 비교하는 것은 가당치 않다면서 자신은 이순신의 부사관 노릇도 할 만한 능력이 없는 자라고 말했다. 임진왜란 당시 일본의 입장에서 이순신은 그런 존재였다.

서양의 전쟁을 중심으로 기술된 『전쟁의 역사』라는 방대한 책에서 저자인 몽고메리 장군은 인도, 몽골, 일본 등과 같은 동양 국가의 전쟁을 (동양 전쟁의 역사도 많은 분량의 책이 나올 수 있다는 걸 감안한다면) 비교적 짧은 분량으로 다루면서도 이순신 장군을 비중 있게 다루었다. 몽고메리는 한반도 사람들이 항해술에 능한 민족이었다고 평가하고, 그 예로 조선의 명장 이순신을 소개한다. 그에 따르면, 이순신 장군은 뛰어난 전략가이자 전술가이며 무엇보다 기계 제작에 탁월한 재능을 지닌 지도자였다.

이순신 장군의 칼은 사람을 살리는 칼이다. 이것은 전쟁에 대한 우리나라의 자세를 잘 보여주고 있다. 지키는 자가 강한 자다. 외세의 침략에 빈번하게 고통을 당한 우리 역사는 자칫 지나친 패배감이나 열등감에 빠질 수 있다. 하지만 이순신을 비롯한 수세의 장군들은 전쟁이 왜 필요한 것인지를 역설적으로 우리에게 가르쳐준다.

그것은 사람과 사랑과 밥과 일을 지키는 일이었다. 땅을 지킨다는 것은 그러한 것이다. 이순신의 위대한 점은 그의 고독한 칼로 우리의 몸을 지켰다는 것이다. 장군이 한산도의 달빛 아래서 고통스럽게 노래한 것은 '칼의 노래'였다. 칼은 노래를 벤다고 생각하기 쉽다. 하지만 이순신은 칼로 노래를 불렀다. 이것이 그가 위대한 결단을 할 수 있는 에너지가 되었다.

대륙과 일본 사이에 있는 지정학적 특징 때문에 외침이 잦았던 우리에게 외세의 침략에 대항한 승전 기록은 민족의 자부심으로 남아 있다. 임진년 일본과의 전쟁에서 절대적인 전력 열세에도 불구하고 이순신 장군의 활약과 탁월한 화포 기술, 그리고 군사들과 백성들의 일편단심이 나라를 위기에서 구한다. 임진왜란은 우리 민족의 강인함과 지혜로움을 잘 보여준 전쟁이다.

고구려에 광개토대왕, 조선에 이순신 장군이 있었다면 일제강점기에는 김좌진 장군이 있었다. 청산리 전투로 유명한 백야 김좌진은 1930년 북만주 산시 역 부근 정미소에서 박상실이 쏜 흉탄에 맞아 쓰러졌다. 일제강점기에 호랑이처럼 군사를 움직였던 김좌진 장군은 허무하게도 이념의 희생양이 되어 공산주의자 손에 유명을 달리했다. 이 또한 권력 다툼이 아닐 수 없다. 일제강점기에 우리나라는 이념적으로 혼란스러웠다. 김좌진 장군은 독립운동 권력의 주도권을 잡으려는 이념의 아수라장 속에서 일제가 아닌 독립운동 세력에 의해 어처구니없게 죽음을 당했다. 이 흉탄이 한국전쟁의 예고였는지도 모른다.

프랑스 사상가 모리스 블랑쇼는 "인간은 파괴될 수 없는 것이다"라고 썼다. 블랑쇼의 이 문장은 역설적이다. 인간이 파괴될 수 없다는 말은 폭력 앞에서 인간의 존엄성, 평화에 대한 의지, 신성함 같은 것이 파괴될 수 없다는 '긍정적인 의미'가 아니다. 이는 인간이 인간을 파괴하는 폭력에는 한계가 없음을 의미한다. 40만 명을 생매장한 백기의 전쟁에서부터 제국주의 전쟁, 아우슈비츠의 생지옥, 양차 세계대전, 한국전쟁 등 시간이 갈수록 더 악랄해지는 폭력의 살 떨림을 전하는 문장이다.

과연 그렇다. 고대 진나라의 전쟁이 한 장군의 지휘 아래 칼로 베고 생매장하는 '단순한' 폭력이었다면, 이제는 핵폭탄이라는 엄청난 규모의 폭력으로 수백만 명 이상이 단숨에 사라지는 시대다.

인간의 파괴엔 한계가 없다는 이 무서운 문장은 결코 남의 얘기가 아니다. 세상은 무간지옥이다. 그 무간지옥의 중심에 분단 국가이자 동아시아의 화약고인 우리나라가 있다. 치열한 대결과 분단의 상황 속에 늘 전쟁의 위기감을 안고 살아가는 우리에게 폭력과 전쟁의 그림자는 여전히 깊고도 넓다.

사마천의 「백기·왕전 열전」을 읽으면서 나는 전쟁터에서 살아남는 법을 생각한다. 인간이 평화를 진정으로 사랑해서 전쟁을 하지 않는다면 모를까, 고대로부터 지금까지의 역사를 보면 그런 일은 있을 수 없다는 게 현실이다. 그렇다면 이런 전쟁의 시대에 살아남는 법은 무엇인가? 사마천처럼 하늘을 두려워하는 마음이 아니겠는가?

총신으로 산다는 것

「영행 열전」

세상에는 진주같이 아름다운 사람들이 있다. 이 아름다움이 사람을 사람답게 하는 덕목이고 우리가 따라가고 싶은 마음이지만, 사람의 마음이 항상 뽀송뽀송하고 환한 것만은 아니다. 사마천은 공명정대한 선비의 길이 아닌, 아첨하여 출세한 자들의 인생 유전도 소개하고 있다.

중국 한나라 때 이미 '옛날'이라고 부를 만큼 아주 오래전부터 이런 인물들은 '충신열사'보다 그 원형이 현대까지 잘 보존되어 있다. 그것이 인간의 생존 법칙이기도 하기 때문이다.

절대 권력자 곁에는 한여름 밤 가로등에 모여드는 날벌레들처럼 늘 아첨꾼들이 맴돈다. 그들은 고대로부터 지금까지 변화 없는 인간 유형 중 하나다. 하지만 누가 그들에게, 그 강인

한 생명력에 돌을 던질 수 있단 말인가?

아첨꾼의 비참한 말로

한나라 문제의 총애를 받는 세 명의 신하가 있었다. 사인(벼슬을 하지 않는 선비)인 등통, 환관인 조동과 북궁백자가 그들이다. 북궁백자는 인자한 풍모가 있었고, 조동은 망기술(구름 모양을 보고 점치는 것)이 뛰어나 황제의 관심을 끌었지만, 등통은 별다른 재주가 없었다.

세 사람은 황제의 수레를 함께 타고 외출했다. 황제의 수레를 같이 탄다는 것은 당대 최고의 권력자라는 이야기다. 등통은 어떤 사람이기에 별다른 재능도 없이 황제의 총애를 받게 되었을까.

등통과 황제는 기이한 인연이 있었다. 황제를 만나기 전 등통은 배를 젓는 '황두랑'으로 근무하고 있었다. 황두랑은 선주船主가 노란색 모자를 쓰고 있어 붙은 이름이다.

어느 날 문제는 이상한 꿈을 꾸었다. 꿈속에서 문제는 하늘을 오르려고 애를 썼는데 잘 오를 수 없었다. 그런데 어떤 황두랑이 뒤를 밀어주어 오를 수 있었다. 누가 이렇게 기특한 짓을 하나 싶어 살펴보니 등 뒤로 띠를 맨 곳에 솔기가 터져 있었다. 잠에서 깨어난 문제는 혹시나 하는 마음에 황두랑들의 모습을 살펴봤다.

기이하게도 황두랑 중 등통이라는 자가 꿈속에서 본 모습 그대로였다. 문제는 그때부터 그를 가까이 두고 지냈는데, 등통도 행동을 삼가면서 신중한 성품으로 황제의 곁에 머무는 것을 좋아했다. 휴가를 주어도 조용히 왕의 곁에 머물기를 좋아하니 문제의 총애가 점점 더 깊어졌다.

등통은 자신이 재주가 없음을 잘 알고 있어 정치에 관여하지 않았다. 그는 오로지 왕을 모시는 진정한 '왕의 남자'로서만 행동했다. 심지어 문제가 종기를 앓아 고생할 땐 인상 한 번 찌푸리지 않고 종기의 고름을 입으로 빨아냈다.

등통은 말 그대로 황제의 혀처럼 굴었다. 황제가 관상쟁이에게 자신이 총애하는 등통의 관상을 보게 하니 "가난해서 굶어 죽을 상"이라는 답변이 나왔다. 황제는 "내가 있는데 그런 일이 있겠느냐"면서 등통에게 촉군 엄도현에 있는 구리 광산을 주고 마음대로 돈을 만들어 쓰라고 명했다. 온 나라에 등통이 만든 돈인 '등씨전'이 쓰였다. 부자도 이런 부자가 없다.

그렇다면 굶어 죽을 상이라는 예언은 점쟁이의 오판이었을까? 권력으로 인해 생긴 부는 그 권력과 더불어 사라지는 법이다. 등통의 몰락은 아주 사소한 일에서 비롯됐다.

어느 날, 황제는 등통에게 "이 세상에서 누가 나를 가장 사랑하는가"라는 유치한 질문을 던진다. 등통은 주저 없이 "물론 태자를 따를 사람이 없을 것입니다"라고 대답한다.

등통은 별다른 재주는 없었지만, 권력의 속성을 잘 알고 있었다. 황제가 세상을 떠나면 태자가 천하의 주인이 될 것이니 그에게 미리 잘 보이려 한 것이다. 황제는 태자가 진정으로 자신을 사랑하는지, 과연 등통의 말이 맞는지 궁금해졌다.

문제는 태자가 문병을 오자 자신의 종기 고름을 빨아내게 했다. 태자는 등통처럼 잘 빨지는 못했다. 자신의 효가 등통보다 못하다는 생각이 들자 태자는 난감한 표정을 지었다.

문제가 죽자 태자인 경제가 즉위했다. 문제 사후 등통은 모든 벼슬을 그만두고 조용히 집에서 살았지만, 돈을 주조한 일이 빌미가 되어 모든 재산을 몰수당하고 많은 빚까지 지게 됐다. 등통을 아꼈던 경제의 누나인 장공주가 등통을 먹고살게 해주려고 재산을 주었지만 그마저도 관리가 몰수해버렸다.

결국 등통은 재산 한 푼 없이 남의 집에서 얹혀살다 죽었다. 가난해서 굶어 죽을 상이라고 한 점쟁이의 말이 적중했다. 결국 때가 되어 한 시절을 풍미했던 비단옷은 솔기가 터져 다 찢어지고 맨살이 드러난다. 이것이 인생이고 인간이다.

동양에서는 사람의 말년이 편안한 것을 최고로 친다. 사마천은 아첨꾼으로서 등통의 말년을 비극적으로 묘사한다. 하지만 이러한 비극적인 생애보다 더 비참한 것은 후대의 냉정한 평가다.

대다수 사람은 등통과 같은 운이나 재주가 없어 막대한 부가 없으니 별로 잃을 것이 없다. 그러나 잃을 것이 없다고 즐거워할 일만은 아니다. 회사에서는 '상사'를, 거래관계에서는 '갑'을 빨아주어야 하는 현실이 등통과 특별히 달라 보이지 않는다. 크건 작건 아첨과 아부는 탁월한 재주가 없는 사람들의 삶의 방편이 되기도 한다.

「영행 열전」의 인물들은 '총신寵臣'이라고 불린다. 군주의 총애를 받는 신하라는 뜻의 총신은, 사사로운 이권을 멀리하고 언행이 올곧은 '충신'과는 거리가 멀다. 주로 자신의 일신을 위해 행동하는 아첨꾼을 뜻하기 때문이다. 사마천 당대의 황제인 무제에게도 한왕의 손자인 한언, 환관 이연년이라는 총신이 있었다.

한언은 말타기와 활쏘기를 잘했고, 황제가 흉노를 치려 할 때 흉노의 군사에 대해 잘 알고 있어 왕의 사랑을 받았다. 더불어 아첨을 잘하여 왕과 함께 기거할 정도로 부와 권력을 누렸다. 그러나 한언은 무제의 아우에게 미움을 받았다.

왕의 총애로 간이 부어서인지 궁녀와 정분까지 나누다 결국 황태후의 노여움을 사 죽음에 이르게 된다. 황제는 한언의 이러한 일을 다 알고 있음에도 황태후에게 한언의 일에 대해 자신이 직접 사과했다고 하니 황제가 한언을 아끼는 마음을 알 수 있다. 아첨의 위력은 이토록 대단한 것이다.

환관인 이연년도 총신이었다. 원래 춤을 추던 예술인이었는데, 어떤 죄를 지어 궁형을 받은 후 황제의 사냥개를 돌보는 구중이라는 자리를 얻었다. 이연년의 누이동생도 춤으로 황제의 사랑을 얻었다. 이연년은 아첨, 춤, 노래를 겸비한 엔터테이너였다. 그러나 누이동생이 죽자 황제의 마음이 떠나 이연년은 결국 처형을 당하게 된다.

우리는 중국 역사에서 황제의 총애를 받는 인물로 환관을 먼저 떠올린다. 중국 역사에서 환관에 의해 나라가 붕괴되는 일이 자주 있었다. 군주는 환관과 외척이 경계의 대상인 줄 알면서도 그들을 가까이 하는 실수를 범하고 만다.

한나라 환관 이연년의 계보는 한나라 말기 영제에 이르러 극에 달한다. 손자를 예뻐하면 그 손자가 할아버지 수염을 잡아당긴다는 옛말이 있지만, 황제의 총애를 받는 환관이 어느 정도까지 나라를 말아먹을 수 있는지는 열 명의 환관인 '십상시十常侍'가 잘 보여줬다. 영제는 십상시의 우두머리인 장양을 아버지로, 그 아래인 조충을 어머니로 불렀다고 하니 그들의 권력이 어느 정도인지를 짐작할 수 있다. 『후한서』는 이들 환관이 왕의 권위를 등에 업고 모든 형벌과 상을 결정함으로써 황제의 명을 왜곡하고 기분 내키는 대로 황실을 멸했다고 비판한다. 한나라의 기강이 급격히 무너졌고, 멸망의 길을 재촉할 수밖에 없었다.

이처럼 환관을 비롯한 아첨꾼들은 한 나라를 무너뜨리는 거대한 독버섯으로 성장하기도 한다. 공들여 쌓은 둑이 아이들이 찌른 바늘구멍 하나로도 무너진다. 군주들이 가장 경계해야 할 것 중 하나가 달콤한 아첨이다. 그러나 정치의 상하관계에서 어디까지가 아첨이고 어디까지가 충언인지를 판단하는 것은 쉬운 일이 아니다. 사마천은 이 열전에서 비교적 적은 수의 인물만을 아첨꾼으로 규정해 다루고 있다.

열전에 따르면, 미자하는 춘추 시대 위나라 영공의 총애를 받던 미소년인데, 군주의 수레를 몰래 타고 자신이 먹던 복숭아를 임금에게 주어도 칭찬받을 정도로 임금의 눈과 귀를 멀게 했다고 한다.

미자하를 빗댄 사마천의 경고에도 불구하고 여전히 많은 사람들이 권력자의 마음을 얻기 위해 그 주변을 서성거린다.

미자하는 자신의 미모로 군주의 사랑을 얻었지만 미모가 사라지자 모든 것을 잃고 말았다. 신하로서 군주에 대한 처신을 어떻게 해야 할지 판단하기는 매우 어려운 일이다. 너무 강직하기만 해도 그것을 과연 충이라고 해야 할지 혼란스러울 때가 있다.

『한비자』에 '역린逆鱗'이라는 말이 나온다. 그것은 용의 목 아래에 있는 직경 한 자쯤 되는 비늘로, 다른 비늘과는 방향이 반대로 되어 있다. 그런데 이것을 건드리면 화가 난 용이 그 사람을 죽인다고 한다. 군주는 용에 비유할 수 있다. 용의 마음을 움직이기 위해 등에 올라탈 수는 있지만, 역린을 건드리면 목숨을 잃는다. 선비의 처신이 얼마나 어려운지는 미자하와 역린의 예를 통해 잘 드러난다. 아첨에 의존하지는 말되 역린도 건드리지 않는 지혜가 있어야 한다는 말이다.

공자는 『논어』에서 교언영색, 즉 "듣기 좋게 꾸미는 말과 보기 좋게 꾸미는 낯빛에는 인덕이 드물다"고 말했다. 주자의 해석을 빌려 교언영색을 다시 풀이하면, 말을 듣기 좋게 하고 얼굴빛을 잘하여 겉으로만 꾸며 사람을 기쁘게 하는 데 힘쓰면 욕심이 생겨서 본심의 덕이 없어진다. 즉 교언은 타인의 환심을 사기 위해 간살을 떠는 것이고, 영색은 고의로 공경하는 모습을 지어 다른 사람에게 아첨하는 것으로 바로 위선자의 모습이다. 「영행 열전」의 인물들은 이런 교언영색의 달인들이었다.

그들도 이러한 자신의 모습을 알고 있었을지 모른다. 그러나 발등에 떨어진 불을 끄는 심정으로 최선을 다해 아첨했을 것이다. 그들에게는 말년이나 후대의 평가보다는 지금 당장이 더 중요했다. 이러한 사람들이 있어 충신과 열녀, 그리고 올곧은 선비들의 후광이 더 빛난다.

지극한 아첨의 도

아첨은 칭찬의 왜곡된 형태다. 우리는 누구나 칭찬을 듣고 싶어 한다. 유아기의 칭찬은 아이의 인성을 바르고 힘차게 한다. 성장기의 칭찬은 인생의 목표를 향해 노력하는 젊은이의 피에 에너지를 공급한다. 어른이 되어서도 칭찬을 듣는 사람은 성공할 확률이 높다. 칭찬을 하는 사람은 좋은 사람이다.

행복과 불행이 한 자매라는 불교 우화처럼, 선과 악이 함께 기록되어 있는 『성경』의 「창세기」처럼 세상일을 들여다보면 아첨과 칭찬도 아슬아슬하게 공존해왔다. 남녀를 불문하고 인간이라면 누구나 칭찬을 하기보다는 '듣고' 싶어 한다. 우리가 위대한 인물이라고 존경하는, 즉 보통 사람과 다른 탁월한 권력자도 이 속성에서 벗어나지 못한다.

부산대 한문학과 강명관 교수가 『오유재집烏有齋集』이라는 필사본 문집에 대한 글을 썼는데, 이 문집을 건넨 노인은 자신의 조상이긴 하지만 저자가 누구인지 모른다는 '이상한 말'을 남기고 이 문집의 해독을 의뢰했다. 강 교수는 그 문집 중 「붕당론」이라는 글에 부기된 '논아첨論阿諂'이라는 글을 우리말로 옮겨 소개했다(강명관, 「아첨론, 아첨의 지극한 경지」, 『미디어오늘』, 2009년 1월 6일).

강 교수가 혼자 읽기에 아깝다고 한 조선 시대의 '아첨론'에서는 "선비가 출세를 하려면 공부도 출중해야 하지만, 거기에 아첨하는 능력도 있어야 한다. 공부가 있으면 출세할 기본이 마련된 것일 뿐 꼭 출세를 하는 것은 아니다. 도리어 남의 질시로 출세를 못할 수도 있다. 반면 공부가 없어도 아첨을 잘하면 출세할 가능성이 지극히 높다. 요컨대 아첨은 출세에 꼭 필요한 조건"이라고 주장한다. 예나 지금이나 그리 틀린 말은 아니다. 오유재가 누구인지 알 수 없지만, '논아첨'은 시공을 초월한 정치권력의 행태를 잘 보여주고 있다. 권력자가 존재하는 한 아첨꾼의 존재는 각양각색의 모습으로 나타난다.

이승만 대통령 시절 이기붕 역시 그런 권력의 맛을 누리고 즐겼을 것이다. 이기붕은 연희전문학교를 다니던 때 선교사 J.

R. 무스의 통역으로 일한 것이 인연이 되어 미국 아이오와 주 데이버 대학을 졸업했다. 그 후 뉴욕에서 허정 등과 교포 신문인 『삼일신문』 발간에 참여하면서 독립운동에 참여했다.

1934년에 귀국한 그는 1945년 이승만의 비서로 취직했다. 이승만의 총애를 받으면서 1949년 서울특별시장, 1951년 국방부 장관이 됐다. 절대 권력의 신임을 얻은 그였지만 정치인에게서 가장 중요한 것을 잃어버린다. 바로 국민의 사랑이었다. 4·19 혁명이 발발하자 이기붕 일가는 몰락하고 말았다.

민주주의가 실현되지 못했던 전근대 사회의 정치적 상하관계에서는 어디까지가 아첨이고 어디까지가 충언인지 판단하는 게 쉽지 않았다. 그러나 현대 민주주의 사회에서는 기준의 잣대를 어디에 두느냐에 따라 비교적 선명하게 구분할 수 있다. 국민의 편에서 행동하느냐, 일신의 영욕을 위해 투신하느냐. 이것처럼 명증한 것도 없을 것이다.

삶이 치욕이고, 생이 지옥일 때가 많다. 겨우겨우 하루를 견디는 날들이 많다. 누가 나에게 아첨꾼이라고 손가락질을 하기도 한다. 만약 그 길을 걸어가고 있다면, 그것이 나의 인간 유형이라면, 그래 차라리 최선을 다하라. 아무도 나에게 인생의 쓴 소주 한잔 사줄 수 없으니.

의술인가, 삶의 기술인가

「편작·창공 열전」

노자는 "아름답고 좋은 것은 상서롭지 못한 그릇이다"라고 했다. 사마천은 편작과 창공의 삶을 총평하면서 노자를 인용했다. 오늘날 이 말은 어떤 의미가 있는가. '상서'는 복되고 길한 일이 일어날 징조란 뜻인데, 아름답고 좋은 것이 그러하지 않다니 그럼 무엇이 상서롭단 말인가, 아름답고 좋은 것이 상서로운 시대에 살고 있는 우리는 질문한다. 이 말은 과연 지나간 시대의 유물에 불과한가.

중국의 역사적 인물 중에서 편작과 창공은 대표적으로 아름답고 좋은 그릇이며 거기에 수많은 생명을 담았다. 사람의 생명을 보살피는 일보다 아름다운 일은 드물다. 이보다 더 좋은 일이 있는가. 환자의 입장에서 이 세상에서 가장 아름답고 좋은 일은 자신의 병을 고쳐주는 일이다. 편작과 창공은 그 일을 했다. 그런데 왜? 사마천은 이들을 기록하면서 노자의 이 말을 인용했을까. 이들은 말년에 가혹한 일을 당했는데, 그 이유는 그들이 너무 뛰어나서다. 사마천은 그것을 경계한 것인지도 모른다.

편작과 창공은 뛰어난 업적을 남겼음에도 불구하고 암살과 형벌이라는 인생 말년의 불우함을 겪었다. 사마천은 이들의 삶을 기록하면서 정치적인 인간의 추악함을 보았다. 우리는 누구나 이러한 사실을 안다. 뛰어난 사람은 주위의 질투와 모함을 받고 심지어 암살까지 당한다. 미인의 운명은 편하지 않고, 재주가 승한 자의 운명 역시 기복이 심하다.

이러한 인물들은 동서양의 역사에서 너무나 쉽게 발견된다. 링컨도 그러했고, 김구가 그러했다. 하지만 이들에게 더 뛰어난 점이 있다. 자신의 운명을 예감하고도 그 길을 간다는 것이다. 더 깊게 들어가면 그들은 죽음을 두려워하지 않는다. 사마천은 담담하게 그것을 기록했다. 마술처럼 펼쳐지는 고대 의사들의 신기에 가까운 의술을.

진월인에서 편작으로

고대 중국 발해군 막읍에 진월인이라는 사람이 살았다. 그는 마을 여관의 관리인으로 일하고 있었는데, 마침 그 여관에 투숙한 장상군이라는 인물을 만난다. 장상군은 진월인이 비록 여관의 관리인으로 있지만, 보통 인물이 아님을 한눈에 알아보고 비밀스럽게 간직한 자신의 의술을 전해준다. 단, 다른 사람에게는 알려줘서는 안 된다는 단서를 달았다.

진월인이 그 말을 따르겠다고 다짐하자 장상군은 품안에서 약을 꺼내 진월인에게 주면서 땅에 떨어지지 않는 물, 즉 이슬이나 청정수에 타서 마신 뒤 30일이 지나면 사물을 꿰뚫어 볼 수 있다고 알려주었다. 장상군은 자신이 가지고 있는 의서를 전부 진월인에게 주고 사라졌다.

진월인이 장상군의 말대로 약을 먹고 한 달을 기다리자 과연 환자의 오장육부가 한눈에 들어오는 경지에 오르게 된다. 병의 상태를 보고 그 뿌리를 밝혀내는 경지에 오른 것이다. 이는 인간 엠알아이MRI라고도 할 수 있는 능력인데, 과연 들어도 믿기 어려운 일이다. 이런 수련 과정을 거쳐 마을 여관에서 일하던 한 사내가 명의 '편작'이라는 이름을 얻게 된 것은 조나라에 머물 때였다.

여관 관리인 진월인이 편작이라는 의사로 탄생하는 과정의 이야기는 고대 전설을 연상시킨다. 편작이 의사가 되는 과정은 신화적인 요소가 강하다. 어느 시대나 뛰어난 인간, 혹은 그럴 필요가 있는 인물에게는 신화의 옷을 입히는 법이지만, 그의 의료 행위는 너무나 인간적인 모습이었다.

편작은 여러 나라를 돌아다니며 의술을 펼쳤는데, 가장 유명한 일화는 '죽은 사람을 살렸다'고 알려진 괵나라 일화다. 어떤 의사도 죽은 사람을 살릴 수는 없다. 편작은 예수가 아니다. 이 말은 사람이 죽었다는 판단을 어떻게 하느냐에 따라 달라진다. 명의가 보기에 아직 죽지 않은 사람을 보통 사람은 죽었다고 오판할 수 있다.

편작은 괵나라 태자가 죽었다는 소문을 듣고 태자 교육을 담당하는 중서자와 이야기를 나누었다. 편작은 중서자를 통해 태자의 병세를 들었고, 아직 태자가 입관하지 않은 것을 확인한다. 편작이 보기에 태자는 죽은 것이 아니었다. 그래서 자신이 태자를 살려낼 수 있다고 자신한다. 죽은 사람을 살려낸 것이 아니라, 죽어가는 사람을 의사의 손으로 살린 것이다.

이때 중서자가 중국 전설 시대의 외과 의사 유부 이야기를 한다. 중서자가 유부 이야기를 꺼낸 이유를 사마천이 자세하게 기록하지는 않았지만, 미루어 짐작해보면 유부의 전설적인 명성 때문일 수도 있고, 그의 의료 행위가 외과 수술이었기 때

문일 수도 있다. 중서자는 당신이 유부와 같은 전설적인 명의
도 아니면서 어찌 그런 말을 하느냐고 했다.

황제黃帝 때의 명의였던 유부는 약을 쓰지 않고 침도 경락
도 안마도 뜸도 뜨지 않고, 오로지 환부를 열어 신장이면 신장,
심장이면 심장, 심지어 뇌도 깔끔하게 씻어내고 잘라내서 제
자리에 가져다 놓고 다시 봉합한다. 그러면 죽었던 사람도 벌
떡 일어난다는 것이다. 눈에 보이는 장기를 깨끗하게 씻어 다
시 넣으면 그 장기가 다시 기능을 할 것이라는 믿음. 현대 의
학의 외과 수술이다.

편작은 수술 없이 침구와 탕약만으로 환자를 치료한다. 눈
에 보이지 않는 것을 보는 편작의 의술을 중서자는 신뢰할 수
없었다. 이것은 과학의 시대에 임상 경험과 침과 약제로 치료
하는 한의학의 매력이다. 수술을 한다는 것은, 잠시 사람을 마
취시키는데, 힘들고 무서운 일이다.

철학이 된 편작의 의술

유부는 현재 중국 의술에서 전설로만 존재하는 지류에 불과하
지만 편작이 활동하던 당시에는 그 명성이 자자했다. 이 때문
에 중서자는 편작에게 유부 같은 유명한 인물이 아니라면 죽은

태자를 살려내겠다는 장담은 하지 말라고 충고한다.

하지만 편작은 유부와 차별화된 내과적 소견을 이야기한다. 그 말에 중국 의술의 본령이 담겨 있다. 유부의 의술이 과학이라면 편작의 의술은 도가의 철학에 가깝다. 편작은 환자의 몸 상태를 살피는 일을 하지 않아도 어느 부위에 질병이 있는지 말할 수 있다고 전제한 뒤에 그 증거로 지금 태자의 상태를 확인해보라고 했다. 태자는 귀에서 소리가 나고, 코는 벌름거리고, 양쪽 넓적다리를 타고 음부에 이르러 따뜻한 기운이 있을 것이라고 말해주었다. 중서자가 확인하니 태자의 상태는 편작의 말 그대로였다.

편작은 앞서 얘기했듯 신비한 약을 먹고 사물을 투시하는 능력이 생겼다. 심지어 환자의 상태를 듣는 것만으로도 그가 죽지 않았음을 알았다. 현대 의학에서는 이런 진단이 불가능하다. 최첨단 장비를 동원해 종일 촬영하고, 혈액검사 하고, 그 결과를 분석하는 데만도 며칠이 걸린다.

그런데 편작은 이야기만 듣고 관 속에 들어갈 사람을 살려낸다. 태자의 병은 '시궐尸厥', 즉 피가 위로 올라가 환자가 가사 상태에 빠진 것이다. 병인을 잘 알고 있는 편작은 침과 약으로 태자를 치료해서 벌떡 일어나게 만든다. 곧 관 속에 들어갈 사람을 살려낸 이 유명한 일화에는 그보다 더 유명한 아포

리즘이 숨어 있다.

'나는 죽은 사람을 살려낸 것이 아니라, 스스로 살 수 있는 사람을 일어나게 했을 뿐이다.'

편작이 보기에 환자가 살 수 있을 때 의술이 가능하다. 내가 모른다는 사실을 알 때 앎이 가능한 것처럼. 이렇게 명의로서 편작의 이름이 온 중국에 퍼졌다. 그는 어떤 지역에 부인병이 창궐하면 산부인과 의사로, 어떤 나라에서 노인을 귀하게 여기면 노인질병 전문의로, 어떤 나라에서 어린아이를 사랑하면 소아과 의사로 그 지역 풍토에 맞춰 진료 과목을 바꾼 천재다.

하지만 그의 죽음은 허무했다. 진나라 의학 행정의 최고 담당자인 태의령 이혜라는 자가 보낸 자객에게 죽음을 당했다. 이유는 간단하다. 편작의 의술이 자신보다 월등했기 때문이다.

편작의 대를 이은 의사가 창공이라면 유부의 제자쯤 되는 인물이 바로 화타다. 편작과 화타는 한의학의 양대 산맥이다. 편작은 맥진에 정통해서 이 방면의 시조로 존경받는다. 화타는 당시의 일반적인 사고방식을 과감히 떨쳐내고 외과 치료법으로 전신 마취를 시킨 후 배를 가르고 뱃속의 종기를 도려내고 위장 수술을 했다.

『삼국지』의 조조가 항상 편두통에 시달리자 참모들은 명의 화타에게 치료해줄 것을 부탁한다. 하지만 전쟁이 잦은 춘추 전국 시대다. 아들이 아비를 죽이고 신하가 왕을 배반하는 일이 다반사였다. 조조와 같은 인물은 항상 암살 위험에 시달리고 있기에 마취를 하고 시술을 한다는 것은 당시의 정서로는 힘든 일이었다. 의사가 암살자가 될 수도 있다.

화타가 조조의 두통을 치료한답시고 두개골을 열고 뇌를 꺼내 깨끗하게 한 다음에 다시 넣겠다고 했을 때, 늘 암살 위험에 시달리던 조조의 심경이 어떠했을까? 중국 대륙을 통일하겠다는 일념으로 격무에 시달리며, 편두통을 달고 살았던 조조는 그 말을 듣는 순간 미쳐버릴 지경이었다. '아니 내 두개골을 열었다가 안 닫으면 난 뭐야? 죽는 거야? 이런 무엄한 놈이 있나. 저놈을 죽여버릴까.'

결국 화타의 침구 치료로 큰 효과를 본 조조는 그를 시의로 삼고자 했지만, 화타는 조조 한 사람만을 위한 의사가 되기 싫어 아내의 지병을 핑계로 집으로 돌아갔다가 거짓임이 밝혀져 살해되었다. 그의 죽음 역시 비극적이다.

고대 중국의 의료 기술과 21세기 현대 의학은 분명한 차이가 있다. 질병도 인간의 문명과 더불어 꾸준하게 발전한다. 암이나 에이즈가 완전히 정복되면 인간의 능력을 시험하는 또 다른 질병이 출현할 것이다. 의술은 진보하고 발전하지만 그 질병을 다루는 인간은 과연 그만큼 성숙한 것일까?

편작과 창공, 유부와 화타의 의술을 통해 우리가 배우는 것은 신기에 가까운 의술보다는 인간을 귀하게 여기고 질병을 어루만지는 정성스런 손길이 아닌가 싶다. 조조 한 사람의 시의가 되기를 거부한 화타와 중국 곳곳을 떠돌면서 의술을 펼친 편작 역시 명성이나 금은보화보다는 사람의 고통과 생명을 먼저 생각했다. 그들은 모두 오늘날 한의학의 원류가 될 만큼 뛰어난 의술이 있었지만, 주위의 시기와 질투로 불우하게 생을 마쳤다. 그렇다고 그 의술을 쓰지 않는 것은 더욱 불우한 일이다. 자신의 운명을 알고도 묵묵히 걸어가는 것, 그것이 바로 예술가와 장인의 길이 아닐까.

한편, 편작도 못 고치는 여섯 가지 불치병이 있다. 우선, 교만 방자하여 병의 원리를 논하지 않는 것이 첫 번째 불치병이고, 몸을 가벼이 여기고 재물이 아까워 병을 치료하지 않는 것이 두 번째 불치병이다. 먹고 입는 것을 적절하게 하지 못하는 것이 세 번째 불치병이며, 음과 양이 함께 있어 오장의 기가 불안정한 것이 네 번째 불치병이다. 몸이 극도로 허약해 약을 먹을 수 없는 것은 다섯 번째 불치병이다. 무당의 말만 믿고 의사를 믿지 않는 것이 여섯 번째 불치병이다. 편작은 이들 중 하나만 있어도 치료가 매우 어렵다고 했다.

편작은 질병과 건강을 둘로 보지 않았다. 그것은 태극 문양의 음과 양처럼 둘이 아니라 하나다. 세상에 완전한 음도 완전한 양도 없다. 음과 양은 서로 어울려 있다. 둘이 각방을 쓰는 순간 사단이 난다. 질병과 건강, 여자와 남자, 산과 바다, 달과 해 모두 마찬가지다. 어떤 질병은 평생을 친구처럼 사귀어야 한다.

병에 대한 편작의 '여섯 가지 잠언'은 질병과 폭력의 시대를 살아가는 우리들에게 인생의 고난을 피하는 여섯 가지 방법으로도 읽힌다. 당대에 통용됐던 개념을 지금 실정에 맞게 번역해 그 잠언들을 마음에 잘 담아두면 건강한 몸을 유지할 수 있다. 이것이 바로 예방의학이다.

화타 역시 신체 단련을 통해 체질을 증강시키고 질병의 예방과 치료를 행했다. 이러한 생각으로 호랑이, 사슴, 곰, 원숭이, 새 등 다섯 동물의 동작과 자태를 모방하여 신체를 단련하는 '오금희五禽戲'라는 운동 방법을 만들었다.

편작은 의사가 될 때부터 신기에 가까운 의술을 장상군에게서 전수받았다. 그래서인지 편작은 신적인 존재, 즉 동아시아 의학계의 의신으로 추앙받는다. 의신 편작에게는 자신의 의술보다 뛰어난 두 의사가 있었는데, 둘 다 편작의 형이었다고 한다. 삼형제가 모두 의사이므로 위나라 왕이 편작을 불러 너희 삼형제 중에서 누가 가장 뛰어난 의사인지를 물었다. 편작이 대답하기를 맏형이 가장 뛰어나고, 둘째 형이 두 번째, 자신이 가장 못하다고 했다. 왕은 편작이 천하(天下)의 명의라는 소문을 들었는지라 어떤 사연이 있는지 물었고, 그때 편작은 이렇게 대답했다.

"큰형은 환자들의 얼굴빛을 보고 발병하기 전에 미리 치료를 하기 때문에 그 경지를 일반인들이 알 수는 없고 우리 형제들만 압니다. 둘째 형은 병이 미약할 때 알아차리고 치료를 해주는데, 사람들은 자신이 미리 치료가 됐다는 걸 역시 알아차리지 못합니다. 저는 실력이 모자라서 병이 완연해져야 증세를 알아차리고 맥과 침, 약제를 써서 분주하게 치료를 하는 겁니다. 사람들 눈에는 그것이 명의처럼 보이지요. 이것이 우리 삼형제 중에서 제일 실력이 모자란 제가 명의라 불리게 된 연유입니다."

열전에 수록된 이야기는 아니지만 편작의 명성과 인품을 짐작하게 하는 일화다. '편작불능육백골扁鵲不能肉白骨'이라는 한자성어가 있다. 의신 편작도 죽은 사람을 살릴 수 없다는 뜻인데, 정치적으로 적용하면 아무리 뛰어난 재상도 망하는 나라를 유지할 수는 없다고 풀이된다. 세상에는 할 수 있는 일과, 하고 싶은 일과, 할 수 없는 일이 있다. 한발 더 나아가 생각하면, 내가 할 수 있는 일을 잘해라, 할 수 없는 일에 세월을 낭비하지 말라는 것으로 해석할 수 있다. 그래서 마음에 항상 겸손을 품어야 한다.

허준과 장기려

편작을 읽으면서 나는 우리나라의 두 의사를 떠올렸다. 조선 선조 시대의 명의이자 『동의보감』의 저자인 허준과 우리 시대의 성자 장기려 박사다. 허준에게서는 동양 의학의 전통과 신기에 가까운 치료술을, 장기려 박사에게서는 뛰어난 의술과 더불어 힘없고 가난한 환자들을 돌본 착한 마음을 볼 수 있다.

주위를 둘러보면 아프지 않은 사람이 없다. 세상은 큰 병동이고, 병실처럼 보인다. 간혹 큰 병원의 응급실에 가보면 지옥이 따로 없다. 거기에 서 있는 흰 가운의 사람들, 그들이 바로 천사이고 구세주다. 아픈 사람이 있는 곳에 명의가 있는 법이다.

조선의 명의 허준에게도 '죽은 사람을 살려낸 일화'가 전해온다. 허준이 제자와 함께 여행을 하다가 날이 저물어 어느 마을에서 하룻밤을 묵게 되었다. 인심 좋은 집의 사랑방에서 짐을 풀고 쉬려는데 여인들의 곡소리가 들려왔다. 하인들에게 물어봐도 슬슬 피하기만 했다. 곡소리는 밤새도록 들려왔다. 다음 날 아침 안주인이 손님을 배웅하면서 집에 우환이 있어 손님 대접이 소홀했다고 양해를 구했다. 허준은 그들의 행색이 매우 불우한 것을 보고 연유를 다시 물어보았다. 안주인은 집안의 3대 독자가 아무 이유도 없이 숨이 막혀서 죽었다고 했다. 아이가 누워 있는 방에 가보니 주위에는 온통 여인들만 아이 곁에 둘러앉아 곡을 하고 있었다.

허준이 아이를 보고 나서 하인을 시켜 이 동네에서 제일 오래된 장기 알을 가져오라고 한 뒤 서둘러 삶으라고 지시했다. 허준은 장기 알 삶은 물을 아이의 목구멍에 흘려 넣었다. 그러자 아이가 왕 하고 울음소리를 터트리며 숨을 쉬기 시작했다. 마을 유지 집안의 3대 독자가 죽은 줄 알았다가 다시 살아나자 온 동네가 잔치를 했다. 허준과 제자는 후한 대접을 받고 마을을 떠났다. 제자가 스승에게 가르침을 청했다. 어떻게 된 일인지 궁금했기 때문이다. 허준은 말했다.

"그 집에는 과부와 고모들로 온통 여자뿐이다. 그러다가 아들이 태어나니까 너무 귀엽고 좋아서 지나치게 만지고 어르고 주무르고 흔들고 했을 거다. 남자아이는 지쳐 죽을 지경이 되었고 숨이 막혀버렸다. 그 원인이 바로 음기, 음독이다.

여자의 음기를 푸는 것은 남자의 양기인데, 장기 알은 남자들의 전쟁을 축소해 놓은 것이고, 주로 남자들이 마을에서 서로 이기기 위해 살기를 품고 장이야 멍이야 했을 테니 살기가 잔뜩 올라 있는 물건이다. 이 양기와 양독으로 음기와 음독을 치료해야 한다.”

이 이야기는 앞서 시궐에 걸린 환자를 치료한 편작의 일화와 매우 유사하다. 이 이야기를 듣고 여자가 많은 집안에 남자 아이가 혼절했다고 장기 알을 다려 먹이지는 않겠지만, 세상사의 이치를 음양론으로 구분하는 동아시아의 정서가 허균의 임상 경험에도 배어 있다.

이런 이야기와 더불어 허준의 일대기는 국가의 난과 연결되어 있다. 그는 임진왜란과 정유재란이라는 고난의 시기에 우리 의학계에 큰 별로 떠올랐다. 나라도 아프고, 백성도 아프다. 그래서 허준이 탄생한 것이다.

허준은 선조 임금의 총애를 받으면서 중국 의학서인 『찬도맥결纂圖脈訣』을 우리 실정에 맞게 고쳐 『찬도방론맥결집성纂圖方論脈訣集成』을 펴낸다. 임진왜란이 일어나 임금이 의주로 피난할 때 ‘어의’로서 임금을 호위하고 신하들의 질병을 치료해 전란 중에 그 이름이 더욱 빛났다. 이순신 장군이 왜적을 맞아 전투를 했다면, 허준은 조정과 백성의 건강을 돌보면서 질병과 싸웠다. 궁으로 돌아온 선조는 허준을 정3품 당상관에 임명한다.

이후 1596년에 선조의 명으로 내의원 의관들과 함께 내의원에 편집국을 설치하고 『동의보감』을 편집하기 시작했으나, 이듬해 정유재란이 일어나 의원들이 사방으로 흩어지는 바람에 잠시 『동의보감』 저술이 중단된다. 그 뒤 선조는 다시 허준에게 단독으로 『동의보감』을 편집하게 하고, 내방의서 500권을 고증하게 했다. 허준의 『동의보감』 편찬은 어의로서, 또 내의원으로서 모든 업무를 보면서 이루어낸 집념과 열정의 산물이었다.

『동의보감』은 1610년인 광해군 2년에 완성됐다. 『동의보감』은 당대의 의학 지식을 집대성한 임상의학 백과전서다. 내경, 외경, 잡병, 탕액, 침구 등 모두 다섯 편으로 구성됐다. 이 책은 우리나라의 의학 수준을 동아시아에 널리 알린 책이기도 하다. 일본과 중국에서도 출판되어 오늘날까지 이어지고 있다.

허준이 위대한 의사인 이유는 『동의보감』 때문이다. 『동의보감』이 출판되자 글을 읽을 줄 아는 사람들은 '책'을 통해서 병에 대해 자가 진단을 할 수 있게 되었다. 스스로 맥을 짚고 자신의 몸을 돌볼 수 있는 것은 혁명적인 일이다. 편작이 기인을 만나 비법을 전수받은 것과는 달리 이제 선비들이라면『동의보감』을 읽고 자가 치료를 할 수 있게 되었다. 물론 '편작'같은 명의는 아니겠지만, 종합병원을 찾기 전에 동네 병원에서 감기약 정도는 지어 먹는 그런 의료 행위가 가능하게 됐다.

또한 중국과 다른 우리나라 약초를 이용하여 탕액을 제조하는 방법과, 우리의 본초학 지식을 이용해 이 땅에서 나고 자라는 약초를 수부, 토부, 곡부 등으로 나누어 자세히 기록했다. 약 이름 밑에는 우리의 속명까지 기록하여 누구나 알아볼 수 있게 했다.『동의보감』은 지금도 번역되어 많은 이들이 읽는다. 철학자에게는 동양사상을 연구하는 디딤돌이 되었고, 운동권 학생에게는 고문으로 망가진 몸을 자가 치료하는 의서가 되기도 했다. 한 권의 책이 시대의 패러다임을 바꾸었다.『동의보감』은 스티브 잡스의 아이폰보다 더 위대한 인류의 유산이다.

허준은『동의보감』외에도 여러 한방의학서를 한글로 출판했다. 1601년에는 세조 때 편찬한『구급방救急方』을『언해구급방諺解救急方』으로, 임원준의『창진집瘡疹集』을『두창집요痘瘡集要』로 이름을 바꾸어 한글로 간행했다. 1612년에는 당시 유행하던 전염병을 치료하기 위해『신찬벽온방新纂辟瘟方』1권과『벽역신방辟疫神方』1권을 편집해 내의원에서 간행했다. 1615년에 세상을 떠난 허준은 당시 의사로서는 최고의 명예인 당상의 부군과 보국의 지위를 가졌다.

의학서 『동의보감』이 전문가들의 책이라면, 이은성의 『소설 동의보감』은 허준이라는 의사의 일생을 통해 질병과도 같은 인간사를 한 인간이 어떻게 치료하고 돌봐주는지 잘 보여준다. 이 소설을 보면 '심의心醫'에 대한 이야기가 나온다. 세상의 모든 의원 중 그 제일은 심의라는 것이다. 심의란 다른 사람의 마음을 항상 편안케 하는 인격을 지닌 사람으로 환자는 그 의원의 눈빛만 보고도 마음의 안정을 느낀다. 그것은 의원이 '병자에 대해 진실로 긍휼히 여기는 마음가짐'이 있고서야 가능한 경지의 품격이다.

병자를 진실로 긍휼히 여기는 마음가짐을 갖고 있는 의사 중에 장기려 박사를 기억하지 않을 수 없다. 장기려 박사는 일제강점기인 1940년 일본 나고야 제국대학에서 의학박사 학위를 받았고, 1947년 평양의과대학, 김일성종합대학 교수를 지냈다. 이 시절 김일성의 병을 치료했다는 소문도 있다. 장기려 박사는 1988년에 쓴 글에서 이 오해를 바로잡기 위해 김일성을 세 번 만난 이야기를 자세히 기록했다.

장기려 박사가 김일성을 처음 만난 것은 1947년 보건부 부국장 이성숙, 소련 고문관과 함께였고, 두 번째 만남은 1948년 조선공산당 북조선분국 책임비서를 지낸 김용범의 수술 경과를 알아보기 위해 김일성이 선생을 불렀을 때 이루어졌다. 세 번째는 김용범의 장례식장에서였는데, 이날은 서로 대화는 하지 못하고 멀리서 지켜만 봤다.

김일성은 머리 뒤의 혹을 떼어내고 싶었지만 누구도 믿을 수 없어서 수술을 못 맡기고 있었는데, "장기려가 있으면 수술을 맡길 텐데……"라며 아쉬워했다고 한다. 김일성과의 이러한 인연 때문에 장기려 박사는 월남한 후에 정부로부터 여러 고초를 겪었다. 장기려 박사는 1950년 12월 처자를 두고 차남 장가용과 함께 월남했다. 1951년 부산에서 천막을 치고 무료 진료소인 복음병원을 세워 의료 행위를 봉사하는 마음과 사랑으로 승화시킨다.

의료 봉사는 의사 장기려의 평생 사명이 되었다. 장기려는 1968년에 한국 최초의 의료보험조합인 부산 청십자의료협동조합을 설립하고, 1975년에는 청십자의료원을 설립해 직접 환자들을 진료했다. 간질 환자 치료 모임인 장미회를 창설하고 부산 생명의 전화를 설립했으며, 장애자재활협회 부산 지부 창립에도 앞장섰다.

장기려의 의술은 병의 치료를 넘어 가난하고 힘없는 사람들, 불쌍하고 가련한 사람들의 마음까지 돌보는 사랑의 기술이 되었다. 1976년 국민훈장 동백장, 1979년 막사이사이상(사회봉사

부문), 1995년 인도주의 실천 의사상을 받았다. 만년에는 당뇨병에 시달리면서도 숨이 멎는 순간까지 가난하고 소외된 사람들에게 봉사해 사람들은 그를 의사가 아닌 '성자'로 불렀다.

장기려 박사는 1995년 12월 25일 성탄절에 세상을 떠났다. 몸과 마음이 가벼워졌으니 천국으로 갔을 거라 믿는다. 묘지는 경기도 마석 모란공원에 있다. 사후인 1996년 국민훈장 무궁화장이 추서됐으며, 2006년에는 과학기술인 명예의 전당에 헌액됐다.

춘원 이광수가 병원에 입원해 치료를 받을 당시 담당 레지던트였던 장기려 박사를 가리켜 '바보 아니면 성자'라고 했다고 한다. 장기려 박사는 자신을 바보처럼 사는 사람이라고 했고 그 행위는 성자와 같으니, 춘원의 이 말은 장기려 박사의 일생을 잘 정리한 빛나는 표현이다.

장기려 박사는 북에 두고 온 가족을 생각하면서 독신으로 수도자의 삶을 살았다. 선생은 사랑의 심지가 매우 굳었다. 인간에 대한 믿음, 인간에 대한 예의를 본능과 일상보다 중요하게 여겼다. 장기려 박사의 아내 김봉숙은 희생과 절대 순종을 미덕으로 여기던 아름다운 여인이었다. 선생은 "내 아내가 절대의 사랑으로 순종했기" 때문에 1950년 12월 월남한 이후로 북에 두고 온 아내만을 마음에 담고 "아내에게 죽도록 충성하는 사랑을 주려고 결심"했으며 끝까지 그 결심을 지켰다.

시도 때도 없이 집으로 찾아온 어느 간호사의 유혹도, 미국에서 편하게 여생을 지내자는 부유한 여인의 청혼도 장기려 박사를 움직일 수 없었다. 움직이면 산이 아니고, 멈추면 강이 아니다. 그는 의사로서 인간으로서 할 일이 너무나 많았던 사람이다. 엄정하게 신념을 지키는 모습은 산이었고, 다감하게 환자에게 다가가는 모습은 강이었다. 그는 성철 스님이 말한 산은 산이요, 물은 물이었다.

우리가 편작과 창공, 허준과 장기려 박사를 통해 배우는 것은 뛰어난 의료 기술보다 우리에게 주어진 삶을 대하는 태도다. 삶은 병이자 그 치료의 과정이다. 뛰어난 자신의 재주를 과신하기보다 인간에 대한 사랑과 믿음을 먼저 생각하는 삶의 자세. 우리 시대에 정말 필요한 의사들이 이런 소신을 갖고 진료할 때 병들어버린 우리 사회가 건강해질 것이다. 의사들이여, 마음으로 메스를 들어라. 마음으로 진맥을 짚어라. 마음이 없으면 인간의 몸이란 그저 고깃덩어리에 불과하지 않는가 말이다. 병든 자에게 의사는 성자의 분신이다.

부를 추구하는 삶

「화식 열전」

사마천의 「화식 열전」은 재산을 불리는 인물들의 이야기다. 사마천은 춘추 시대 말부터 한나라 초까지 상공업으로 재산을 모은 사람들을 이야기한다. 화貨는 재산이고 식殖은 불어난다는 뜻이니 「화식 열전」은 말하자면 한 시절을 풍미한 부자들이 재산 모으는 이야기다.

사마천이 살았던 한나라는 선비들이 세상의 중심에서 움직였다. 농사는 하늘의 뜻에 따르는 경건한 노동으로 여겨진 반면, 상업을 하는 장사꾼은 한 수 아래로 내려다보는 게 당시의 세태였다. 상업은 천한 일로 여겨졌으며, 학문하는 사람이 돈을 밝히는 것도 추하게 비쳤다.

그러나 사마천은 이러한 사고방식에서 벗어나 있었다. 사마천은 부자 이야기를 하면서 '중농억상重農抑商'의 가치관에서 벗어나 현대적이고 경제적인 논리를 폈다. 부자의 미덕에 대해, 그리고 돈의 위력에 대해 이야기했다. 하지만 사마천은 부를 논하되 '돈만 벌면 된다'는 식의 논조를 펴지는 않는다.

잘 먹고 잘 입고 잘살기를 바라는 게 인간의 본성이다. 이것이 충족되지 않으면 공자 할아버지가 와도 소용없다. 사흘 굶은 사람에게 공자의 인이나 부처의 법열에 대해 말한들 귀에 들어오고 행동으로 옮겨질 리 없다. 백성은 안락함을 추구하며, 그것을 보장해줄 위정자를 원한다.

이런 입장에서 사마천은 재산을 놓고 백성과 다투는 정치는 쓰레기라고 했다. 재산을 놓고 백성과 다투는 정치란 어떤 것일까? 부정부패, 치부致富를 위한 권력 남용, 과중한 세금 부과 등 백성의 재산을 갖고 장난치는 일련의 나쁜 행위들을 가리킨다.

차이를 알아보는 눈

『장자』 내편內編 「소요유」에 상업에 대한 짧은 이야기가 있다.

송나라 사람이 예식 때 쓰는 모자를 잔뜩 가지고 월나라에

팔러 갔습니다. 그러나 월나라 사람들은 모두 머리를 짧게 깎고 몸에는 문신을 해서 모자가 필요 없었습니다.

─오강남 풀이, 『장자』(현암사, 1999)

『장자』의 거대하고 비범한 다른 이야기들과 비교할 때 이 이야기는 매우 단순하다. 송나라는 춘추 시대에 번성했다. 장자가 살았던 전국 시대에는 문화국가였으나 가난하고 보잘것없었다. 신흥국가 월나라는 야만적이어서 아름다운 모자 따위에는 관심이 없었다. 송나라 상인이 어리석었다.

부자가 되기 위해서는 이 '차이'를 알아야 한다. 사람마다 먹는 것, 사는 것, 자는 것이 다르다. 사람들의 생김새만큼이나 각 나라의 풍습도 다르다. 이 차이를 잘 알아차리고 이용하는 것, 그것이 바로 부자가 되는 법이다.

송나라 상인은 이 차이를 알지 못했다. 월나라와 송나라의 차이, 이 간단한 차이를 아느냐 모르느냐가 바로 부자와 빈자의 차이다. 부자가 될 사람은 새로운 문신 기술을 배워 월나라에 갔을 것이다.

사마천은 부를 축적하는 가장 좋은 방법을 상업이라고 했다. 싸게 사서 비싸게 팔고, 여기서 사서 저기에 파는, 아주 간단한 '차이'의 연금술이다. 우리는 자연을 통해 늘 차이를 보고 느낀다. 물은 높은 곳에서 낮은 곳으로 흐른다. 겨울이 깊으면 봄이 가깝다. 돈의 흐름 역시 자연 현상처럼 움직인다.

이러한 차이를 잘 아는 자에게는 '때'가 보이게 마련이다. 어느 시기에 투자를 하느냐에 따라 천양지차다. 현대인들에게 장밋빛 환상을 심어주는 주식투자에서부터 선물, 경매 등 이 차이의 미학은 점점 더 세분화되면서 확대 재생산되고 있다.

사마천은 돈과 물건의 유통이 물의 흐름과 같이 자연스러워야 한다고 했다. 시대는 달라도 부자들의 정신세계는 일맥상통하는 모양이다. 자연스러운 흐름에 몸을 의지하고 세상을 바라보는 이가 바로 도에 이른 사람이다. 학문이건 예술이건 기업이건 간에 이러한 경지에 올라야 대성할 수 있다.

사마천은 도와 부합하고 자연 법칙을 징험한 사람으로 범려와 계연을 이야기한다. 범려는 월나라 왕 구천의 신하이며, 계연은 범려의 스승이다. 계연은 구천에게 "물건과 돈은 흐르는 물처럼 원활하게 유통시켜야 한다"면서 재물이 움직이는 실정을 분명하게 알려주었다.

전쟁이 있을 것을 알면 방비를 해야 하듯, 때와 쓰임을 알아두어 언제 어떤 물건이 필요한지 알아야 한다는 것이다. 월나라 구천왕은 오나라 부차에게 설욕하기 위해 와신상담한 것으로 유명하다. 그가 진정으로 승리할 수 있었던 이유는 쓸개를 핥으면서 정신력을 키웠을 뿐만 아니라, 더불어 돈의 흐름을 유연하게 했던 경제관념이 있었기 때문이다.

구천왕은 해박한 지식으로 자연의 움직임을 살폈다. 어느 시기에 풍년이 들고 수해가 발생하는지 자연의 움직임을 예측하고 미리 준비하게 했다. 그렇게 해서 재물을 비축해 물가가 폭등하는 것을 막고 물자를 잘 유통시키면 백성이 왕을 따르게 마련이다. 이렇게 10년 정치를 하니 월나라가 부강해졌다. 그 힘으로 20여 년을 기다려 불구대천不俱戴天의 원수인 오나라를 점령했다.

대업을 이루고 눈물을 흘리며 자신을 붙잡는 구천왕을 뿌리치고 월나라를 떠난 범려는 스승인 계연의 가르침을 따라 장사에 나섰다. 월나라는 계연의 일곱 가지 계책 중 다섯 가지를 써서 뜻을 이루었는데, 범려는 '이것을 집에서 써보아야겠다'고 작심하고 '도'라는 지방에 가서 이름을 주공으로 바꾸고 대부호가 됐다.

정치인 범려는 경제인 도주공으로 변신하여 중국인들에게 존경받았다. 그는 많은 재산을 가난한 친구들과 먼 형제들에게 나누어 주었다. 부가 있어 가능한 일이었다. 그의 자손들도 아버지의 재산을 잘 운영해서 거부가 됐다고 한다.

백규는 시세 변동을 살피는 데 귀재였다. 그는 풍년과 흉년이 순환하는 자연의 이치를 살펴 물건을 사고팔았다. 막대한 부를 이뤘지만, 옷을 검소하게 입고 일꾼들과 함께 즐거움과 고통을 나누었다. 인간적으로 성숙한 그는, 장사꾼으로서는 시기를 판단하고 움직이는 모습이 사나운 짐승이나 새처럼 빨랐다.

백규는 사업을 할 때 천하의 이치를 읽었다. 즉 정치인 이윤과 여상처럼 계책을 염두에 두었고, 손자와 오자가 군사를 쓰는 것처럼 했으며, 상앙이 법을 시행하는 태도로 장사를 한 것이다. 이런 이유로 지혜와 용기, 그리고 가난한 이를 생각하는 어진 마음이 없으면 자신의 상술을 가르쳐주지 않겠다고 선언한다.

사업하는 이들이 금과옥조로 여길 만한 신조다. 이는 비단 사업뿐 아니라 인생을 운영하는 방법이기도 하다. 사마천은 백규를 가리켜 "대체로 천하에서 사업하는 방법을 말하는 사람들은 백규를 그 원조로 보았다"고 썼다. 백규는 경제통이면서 동시에 '통섭의 인간'이다.

장사꾼으로서는 이윤과 여상을, 군사적으로는 손자와 오자를, 법률적으로는 상앙을 보고 배웠다. 장사를 단순한 기술이 아니라 전인격적 수양이 되어야 하는 것으로 보았다. 장사는 교향곡의 지휘자처럼 서로 다른 다양성을 통합하고, 조화로움을 아름답게 연주하는 것이다.

자연과 인간에 통달하면 부자 되기는 어렵지 않다. 우리 소설 『허생전』 역시 이러한 내용이 아니던가. 실행의 어려움에 비해 이치는 너무나 간단하다. 사리에 밝고, 약속 잘 지키고, 어질고, 용기 있는 사람에게 돈이 흘러간다. 물론 예외도 있다.

무관의 제왕

사마천은 부자들을 일컬어 소봉素封이라고 했다. 소봉은 무관의 제왕이라는 뜻으로, 그들과 어깨를 나란히 하며 마치 왕과 같은 대우를 받는다고 했다.

「화식 열전」은 『사기 열전』의 맨 마지막에 붙어 있다. 사마천은 『사기 열전』을 「백이 열전」으로 시작한다. 백이와 숙제는 명분을 위해 굶어 죽었다. 사마천은 이들을 정직한 선비의 표상으로 여기고 존경했다. 「자객 열전」도 부자와는 거리가 먼 사람들의 애기다. 하지만 열전의 마지막은 부자들의 이야기로 끝낸다. 이것이 의미하는 바가 무엇일까, 곰곰 생각할 만하다.

사마천은 부를 추구하는 마음은 인간의 본성이기에 배우지 않아도 누구나 얻고 싶어 한다고 생각했다. 그래서 높은 명성을 얻으려는 청렴한 선비의 노력도 결국 부귀로 귀착된다고 보았다. 정치인, 군인, 기업인 외에 의사, 도사, 공무원, 도둑, 강도, 사기꾼, 도굴범, 제비, 꽃뱀, 타짜 등 온갖 인간 유형이 뒤엉켜 사는 것은 바로 '부를 추구하는 인간 본성' 때문이다.

공자의 제자 중 최고 부자였던 자공은 조나라와 노나라 사이에서 무역업을 했다. 사두마차를 타고 비단을 들고 제후들을 찾아간 자공을 왕들이 예로써 극진히 대접했다. 사마천은 공자의 이름이 천하에 널리 알려지게 된 것도 자공이 공자를 모시고 다니며 도왔기 때문이라고 했다.

물론 공자는 물질적인 부로도 감히 어찌할 수 없는 경지에 오른 성인이다. 하지만 사마천은 알량하게 글 좀 읽었다고 피죽도 못 끓여 먹으면서 대의만 논하는 백수 선비들을 신뢰하지 않았다. 그는 오랫동안 가난하고 천하게 살면서 인의만 말하는 것도 아주 부끄러운 일이라고 생각했다.

더불어 사마천은 재산이라는 것이 자기보다 열 배 많으면 사람들이 몸을 낮추고, 백 배 많으면 그를 두려워하며, 천 배 많으면 그의 일을 하고, 만 배가 많다면 결국 그의 하인이 된다고 세상 이치를 논했다. 이건 예나 지금이나 한결같다. 아! 이 엄정한 사물의 이치를 진작 알았어야 했다.

그럼 어떤 방법으로 부를 이룰 것인가? 사마천은 상업을 최우선으로 꼽았다. 하지만 따로 정해진 직업은 없다. 상업이 최선의 길이되 자신의 재능에 맞는 분야에서 최고의 길을 찾아야 한다.

조나라 사람인 탁씨는 철을 제련해 부자가 됐다. 양나라 사람 공씨는 철을 가공해 부자가 됐다. 제나라 사람 조간은 생선과 소금을 팔아 부자가 됐다. 그밖에 농업, 목축, 공업, 벌목, 행상 등의 분야에서 각기 탁월한 재능을 발휘해 거부가 된 사람도 부지기수다.

이게 아니면 죽는다는 심정으로 온 힘을 던지는 진심과 열정이 부자가 되는 지름길이다. 어떤 일을 하건 간에 그렇다. 사마천은 부자가 되기 위해 정해진 직업은 없음을 밝히고, 재물 역시 마찬가지라고 설파한다. 즉 능력이 있는 자에게 재물이 모이는 것이다. 그리고 이어서 부의 규모와 그 위세에 대해 비유한다. 천금의 부자는 한 도읍의 군주이며, 거만금의 부자는 왕자의 즐거움이고, 부자는 소봉, 즉 무관의 제왕이라는 것이다.

현실 앞에 무릎을 꿇어야 할 때가 있다. 그때가 가난한 때다. 이 시절을 지나야 한다. 재산을 하인처럼 부리고 싶다면 사마천을 읽으면 좋다. 부의 노예가 된다는 것은 삶을 구걸하는 행위이기 때문이다. 내 삶의 주인이 되고 싶다면 돈을 벌어라. 그래야 모든 것이 순조롭다. 그 순조로움이 바로 자유다.

좋은 부자의 조건

봄이 오면 꽃이 피고, 겨울이 되면 눈이 내리고, 물은 높은 곳에서 낮은 곳으로 흐르며, 사람은 돈을 향해 모여든다. 이것은 단순한 삶의 이치다. 사람들이 모여든 곳에는 뜨거운 열기가 꿈틀거린다. 서로 적당한 가격에 사고파는 에너지의 근본은 바로 생명이다. 생명의 역동적인 모습은 경건하며 색다른 디자인의 의상처럼 아름답다. 이러한 움직임이 바로 화식이다.

사람들이 무엇을 원하는가? 바로 거기에 돈이 모이는 게 당연하다. 빌 게이츠의 부는 21세기 사람들이 어떻게 살고 있는지를 보여준다. 정보화 사회에서는 컴퓨터 소프트웨어가 공기나 물과 같으니 소프트웨어를 만들어내는 빌 게이츠에게 돈이 몰리는 건 당연지사다.

부자들의 눈에는 거리에 돈이 굴러다니는 게 보인다는 속설이 있다. 그걸 주워 담기만 하면 된다는 이야기인데, 돈이 보인다는 건 정보가 보인다는 얘기와 같다.

사마천은 부자들을 일컬어 무관의 제왕이라고 했다. 조선 시대에도 왕처럼 지낸 전설적인 부자들이 있었다. 소설 『상도』로 널리 알려진, 18세기 후반의 임상옥은 인삼 교역으로 막대한 부를 축적했다. 그가 인삼 교역권을 따내기 위해 왕실 사람에게 접근하고 막대한 뇌물을 바치기는 했지만, 단순히 권력에 아부만 해서 큰 부를 이룬 건 아니다. 장사꾼의 지혜와 대담한 전략이 뒷받침되어야 한다. 인삼 교역으로 조선뿐 아니라 중국에까지 이름을 날렸으니 오늘날 기업인의 모델이 될 만한 인물이다.

박지원의 『열하일기』에 변승업이라는 부자 이야기가 나온다. 서울의 1만 호가 그와 거래를 했다고 하니 당시 경제 규모로 보아 대단한 부자였음에 틀림없다. 사농공상의 시대 분위기에서도 이런 부자는 예외적인 대접을 받게 마련이다. 그는 중인 출신의 역관이었다.

조선 시대 역관 중에 부자가 많았지만 변승업이 단연 탁월했던 모양이다. 그는 부인이 죽었을 때 관에 옻칠을 했다. 당시엔 국왕의 장례에만 관에 옻칠을 했는데, 사대부도 아닌 중인 신분으로 이는 무척 대담한 행동이었다. 부인에 대한 애정이 남다른 데다 무엇보다 부자였기에 가능했던 일이다. 아니나 다를까 이 일이 문제가 되자 수십만 금을 풀어 관리들을 입막음했다.

최봉준은 19세기 말 함경도에서 태어나 제국주의 열강의 틈바구니에서 몸살을 앓던 조선을 살아간 인물이다. 혼란스러운 정국 속에서 열두 살에 고아가 되어 엽전 스무 냥과 보리쌀을 조금 챙겨 두만강을 건넜다.

러시아 설원에서 늑대 밥이 될 위기를 넘기고, 야린스키라는 러시아 귀인을 만나 그 밑에서 열심히 일한 대가로 유산을 물려받았다. 이 돈을 종자돈으로 주식에 투자하고, 성진항과 원산항을 중심으로 무역업에 나서 거부가 됐다. 최봉준은 한국을 넘어 해외로 진출한 사업가들의 모델이 되었다. 그는 러시아 국적을 갖고 러시아인으로 경제활동을 했다.

일제강점기와 한국전쟁의 소용돌이가 지나간 뒤, 혁명과 군사정권의 수립 등 우리나라의 근현대사는 만신창이가 되었다. 더불어 한국의 경제 사정도 매우 열악했다. 지구상에서 가장 가난한 나라 중 하나였다. 당대의 희망은 밥 한 그릇 배부르게 먹는 거였다. 노동자 전태일이 분신자살을 하고, 독일로 간 호사와 광부들이 눈물의 외화벌이를 하러 갔다.

1975년 여름이었다. 박 대통령이 당시 현대건설 정주영 회장을 청와대로 급히 불러, 중동에 달려가서 달러를 벌어들일 기회를 잡으라고 지시했다. 다른 사람들은 엄두를 못 내는 일이었다. 중동은 사업 환경이 열악하다는 판단을 했기 때문이다.

자초지종을 묻는 정 회장에게 박 대통령은, 1973년 석유 파동 이후 중동 국가들이 달러가 넘쳐나고 있어 그 돈으로 사회 인프라를 건설하려고 하는데 너무 더운 지역이라 선뜻 해보겠다고 나서는 국가가 없어 한국에 의사를 타진해왔다고 설명했다.

박 대통령이 급히 정부 관리들을 파견했는데, 2주 만에 돌아와 하는 얘기가 너무 더워서 낮에는 일을 할 수 없고 건설 공사에 필요한 물이 부족해 공사를 할 수 없다는 내용이었다는 것이다. 이런 얘기를 듣고 정 회장은 바로 비행기를 탔다. 중동에서 5일 만에 돌아온 정 회장이 박 대통령에게 역발상의 말을 전한다. 즉 중동은 1년 내내 비가 오지 않으니 1년 내내 공사를 할 수 있는 지역이고, 건설에 필요한 모래와 자갈이 현장에 있으니 자재 조달이 쉽다는 것이다. 중동이 사막 지역이라 물 걱정을 하는 대통령에게 정 회장은 물은 어디서든 실어오면 된다고 답했고, 더운 나라이므로 낮에 자고 밤에 일하면 된다고 말했다. 정 회장의 뚝심에 정부의 적극적인 지원이 따르는 건 당연했다.

정 회장 말대로 한국의 개미 같은 일꾼들이 낮에는 자고, 밤에는 횃불을 들고 일했다. 세계가 놀랐다. 달러가 부족했던 시절, 30만 명의 노동자가 중동으로 몰려나갔고, 보잉 747 특별기편으로 달러를 가득 싣고 돌아왔다.

　동양제철화학의 창업주 이회림 회장은 생전에 지인에게 이런 말을 했다.

여보게 사업은 말이야 늘 잘되는 게 아니야. 누구나 살다 보면 좋은 운이 몇 번 찾아오게 마련이지. 열심히 산다면 말이야. 그렇게 사업이 잘되면 낮이 짧고 밤이 너무 길어. 자금이 들어오는 게 보이는 낮이 얼마나 짧은지 몰라. 그래서 새벽에 일찍 눈을 떠서 아침을 기다리지. 부지런한 사람은 낮이 짧은 사람들이야.

그런데 말이야. 자본이 쌓이면 그때부터가 중요해. 보통 사람들은 탕진하기 쉬워. 세상에는 돈 쓸 일이 많으니까. 그때 관리를 잘해서 허랑방탕하게 쓰지 않고 잘 모아두어야 해. 사업이나 개인이나 일이 안 될 때가 있는 거니까 그때를 대비해야 돼. 잘 운영한 자금으로 기회를 기다려야 해. 그러다가 다시 기회가 오면 투자를 하는 거지. 참 많은 사람이 이걸 몰라요, 하지만 난 몇 번 온 기회를 잘 잡고 운영해서 우리 기업을 만들었네.

—원재훈, 『참 따뜻한 사람』(생각의나무, 2008)

송암 이회림 회장은 개성상인 출신으로 우리나라 현대 경제의 가장 척박한 시대를 온몸으로 부딪히며 살아갔으며, 국가의 기간산업 분야에 과감한 투자를 한 경제인이다.

어쩌다 인연이 되어 고인이 쓰던 집무실 책상 위를 본 적이 있다. 가장 기억에 남은 것이 돼지저금통을 비롯한 여러 개의 저금통과 동전들이었다. 이 작은 단위의 동전들이 거대한 부의 근본이라는 생각이 들었다. 작은 동전들이 마치 별처럼 반짝이는 환영을 보았다. 그것은 환상이 아닐 것이다. 저 동전이 바로 하늘의 별이다. 그걸 손에 쥐고 생각해봤다.

송암은 종로에서 작은 점포를 운영하던 시절에 '차이'에 대해 깊이 생각했다. 거래가 없어 한가한 시간이면, 종로통에 지나다니는 물건들의 흐름을 파악한 것이다. 어느 집에 어떤 물건이 들어가는지, 얼마만큼의 물건이 움직이는지를 보면 종로통의 경기를 알 수 있었다. 이 습관은 훗날 대기업을 운영할 때도 없어지지 않았다. 고속도로에서 물자를 싣고 이동하는 대형 트럭을 유심히 관찰했던 것이다.

사람은 인생의 가치를 추구한다. 물질적 부에 연연하지 않고 고고하게 학문이나 예술의 길을 걷는 삶이 있는가 하면, 아비규환의 속세를 사는 중생에게 마음의 평화를 주기 위해 수도하는 사람도 있다. 평생 근검절약해서 모은 전 재산을 사회에 내놓고 가난한 삶을 사는 사람들도 있다.

좋은 부자는 사회를 건강하게 한다. 사람은 베풀고 싶을 때가 반드시 온다. 그때 부는 나의 꿈을 이루어준다. 요즘 40대 이상 남자들의 고민이 대부분 이와 연관되어 있다. 그것이 주름살을 깊게 파이게 한다. 돈을 벌어라, 돈을 벌어야 당당하게 두 발을 딛고 이 도시를 걸어갈 수 있다. 돈은 이제 낙타의 육봉이다. 거대한 쌍봉을 가진 낙타처럼 걸어라. 인생은 고해이고, 도시는 사막이다.

이 책에 나오는 『사기 열전』의 주요 인물

공의휴　춘추 전국 시대의 노나라 재상.

곽해　　한나라 무제 시대의 협객.

굴원　　전국 시대 초나라의 정치가이자 비극 시인. 초나라 회왕
　　　　의 신임을 받아 내정과 외교에서 활약했다.

노중련　전국 시대의 제나라 재사才士.

등통　　한나라 문제의 총애를 받은 뱃사공 출신의 신하.

백규　　춘추 전국 시대의 위나라 고관. 상업에 천부적인 재능을
　　　　보였다.

백기　　전국 시대의 진나라 장군. 진나라 소왕 때 대량조라는 큰
　　　　벼슬까지 지낸 전쟁 영웅이다.

백이와 숙제　은나라 고죽국의 전설적인 형제 왕자들. 백이숙

제伯夷叔齊 고사로 유명하다.

범려   춘추 시대 말기의 정치가. 월나라 왕 구천을 섬겼으며 오
       나라를 멸망시킨 공신이다.

사마천 한나라 시대의 역사가이자 『사기』의 저자. 한무제 때 태사
       령이 되어 『사기』를 집필했고, 기원전 91년에 완성했다.

서문표 전국 시대의 위나라 정치가. 위나라 업현이라는 고을의
       현령이 되어 선정을 펼쳤다.

석사   춘추 전국 시대 초나라 소왕 시절의 재상.

섭정   춘추 전국 시대의 제나라 자객.

손숙오 춘추 전국 시대의 초나라 재상. 우맹의관優孟衣冠의 고사
       성어로 유명하다.

순우곤 춘추 전국 시대의 제나라 학자. 익살과 다변으로 유명했다.

예양   전국 시대의 진나라 자객. 지백의 신하로서 지백을 죽인
       조양자에게 복수하려다 발각되어 자결했다.

왕전   전국 시대의 진나라 장군. 시황제를 도와 중국 최초의 통
       일 왕조를 세우는 데 일조했다.

우맹   춘추 시대의 초나라 음악가.

우전   진나라 시황제 때 난쟁이 가수.

이릉   한나라의 장군. 이광리가 흉노를 쳤을 때, 흉노의 배후
       를 기습했으나 귀로에 무기와 식량이 떨어져 흉노의 포

로가 되었다.

이리   춘추 전국 시대 진나라 문공 시절의 관리.

이언년   한나라 무제 때의 총신.

자산   춘추 시대의 정나라 정치가. 진나라와 초나라 등 강대국
       사이에서 정나라의 외교적 승리를 이끌었다.

전제   춘추 전국 시대의 오나라 자객.

조말   춘추 전국 시대의 노나라 장군.

주가   춘추 전국 시대의 노나라 협객.

팽함   은나라 시대의 신하.

편작   전국 시대의 의사. 성은 진秦이고, 이름은 월인越人이다.
       장상군에게서 의술을 배워 환자의 오장을 투시하는 경지
       에까지 이르렀다고 전한다.

한언   한나라 무제 때의 총신.

형가   전국 시대의 자객. 진나라 왕인 정(후에 시황제)을 죽이려
       했으나 실패했다.

화타   후한 말기에서 위나라 초기의 명의. 약제의 조제나 침질,
       뜸질에 능하고 외과 수술에 뛰어났다.